Petra Kunik

Der Hohe Rabbi Löw
und sein Golem

Petra Kunik führt uns zurück in das jüdische Getto im alten Prag zu Zeiten Kaiser Rudolf II. gegen Ende des 16. Jahrhunderts. Zum Schutz der jüdischen Gemeinde erschafft in jenen Tagen der Hohe Rabbi Löw, unter Gebeten und mystischen Formeln, einen künstlichen Menschen, den Golem, der die Juden Prags über ein Jahrzehnt schützen wird.

Ein mutmachendes Beispiel aus der jüdischen Geschichte, das bis zum heutigen Tag die Phantasie anregt.

Ein Buch gegen die Ausgrenzung von Menschen, ein Plädoyer für Toleranz zwischen Religionen und Kulturen. Ein Buch aber auch über das alte Prag – für Pragliebhaber von heute.

Petra Kunik, geboren 1945 in Magdeburg, lebt in Frankfurt am Main. Mitglied der jüdischen Gemeinde. Verheiratet, zwei Töchter und Enkelkinder. Ausgebildet als Schauspielerin; zahlreiche Theaterrollen sowie Regieführung; Autorin von Theaterstücken. Seit 1990 freie Schriftstellerin.

Veröffentlichungen: *Reichspogromnacht* (1988, hrsg. mit Micha Brumlik, vergr.); *Keine gute Adresse – Judengasse zu Frankfurt* (1992); *Der geschenkte Großvater* (1994 bei Brandes & Apsel).

Petra Kunik

Der Hohe Rabbi Löw und sein Golem

Großmutter erzählt

Brandes & Apsel

Auf Wunsch informieren wir regelmäßig über das
Verlagsprogramm. Eine Postkarte an den Brandes & Apsel Verlag,
Scheidswaldstr. 33, D–60385 Frankfurt a. M., genügt.

Die Deutsche Bibliothek – CIP-Einheitsaufnahme:

Kunik, Petra:
Der Hohe Rabbi Löw und sein Golem : Großmutter erzählt / Petra
Kunik. - 1.Aufl. - Frankfurt a.M. : Brandes und Apsel, 1998
(Literarisches Programm ; 63)
ISBN 3-86099-463-8

literarisches programm 63

1. Auflage 1998
© Brandes & Apsel Verlag GmbH, Frankfurt a. M.
Alle Rechte vorbehalten
Umschlag: Grafik Jürgen Ehlers, Mainz
Lektorat: Volkhard Brandes
DTP: Elke Daniel
Druck und Verarbeitung: DAN, Ljubljana, Printed in Slovenia
Gedruckt auf säurefreiem, alterungsbeständigem und chlorfrei
gebleichtem Papier.
ISBN 3-86099-463-8

Inhalt

Für meine Enkel

Pessach

Zufrieden stelle ich den üppigen Strauß mit Osterblumen auf den weiß gedeckten Tisch im Erker. Die feingeschnittenen Äpfel und der Zimt in den *Mazzeku-geln* im Backofen verströmen süßen Wohlgeruch. Herrenbesuch, denke ich albern, sogar über Nacht. In einer halben Stunde muß Daniel, mein Enkel, hier »einlaufen«, wie er es nennt. Dann werden wir uns auf unser Lieblings-*Pessach*-Leckerli stürzen. Unmengen von den süßen Klößen hatten wir letztes Jahr verdrückt, und da war Daniel erst elf und bestimmt zehn Zentimeter kleiner. Milde Frühlingsluft zieht durch die geöffneten Fenster. Fühle ich mich deshalb so leicht und beschwingt? Oder belebt mich die schwungvolle jüdische Tanzmusik aus dem CD-Player so prickelnd? Auch die vorgeschriebenen vier Gläser Wein vom *Seder*abend tanzen noch ein bißchen in meinem Kopf.

Gestern abend waren meine Familie und bestimmt zweihundert andere Gläubige im jüdischen Gemeindezentrum, um dort den zweiten *Pessach*abend zu feiern. Der Rabbiner hatte die Rolle des Hausherrn angenommen und damit die Aufgabe, den streng vorgeschriebenen Ablauf des Abends zu leiten.

Jeder von uns fand die *Haggada* an seinem Platz, das Buch mit der Erklärung und dem dazugehörigen Brauchtum für die beiden ersten Abende *Pessach*, die festlichen *Seder*abende; aber auch spannende Erzählungen vom Auszug der Kinder Israel aus der ägyptischen Sklaverei, Legenden, Gebete und Lieder finden wir in dem Buch.

Der Hausherr hat die Ehre, die »Abende der Ordnung« zu leiten und seiner Familie und seinen Gästen die Traditionen des *Seder*abends an Hand der *Pessach-Haggada* zu erklären. Doch nicht einfach so; die Kinder am Tisch müssen fragen.

Jetzt kommen mir wieder die Melodie und die vier in hebräischer Sprache gestellten Fragen in den Sinn, die mit dem »*Ma nischtana halaja hase mikol halejlot?*« – »Warum unterscheidet sich dieser Abend von allen anderen Abenden?« beginnen.

9

Die Kinder im Saal hatten die vier Fragen dem Hausherrn auf hebräisch gestellt.

An allen Abenden können wir Gesäuertes und Ungesäuertes essen, an diesem Abend nur Ungesäuertes – *mazza* (das Brot der Armut und zugleich das Brot der Freiheit).

An allen anderen Abenden können wir allerhand Kräuter essen; an diesem Abend essen wir nur bittere Kräuter – *maror* (die bitteren Kräuter erinnern an das bittere Los der Sklaverei, der Unfreiheit).

An allen anderen Abenden tunken wir gewöhnlich unser Essen nicht ein einziges Mal ein, in dieser Nacht zweimal (das Bitterkraut und die zerdrückten Äpfel werden vor dem Essen in Salzwasser – das Symbol der Tränen – getaucht).

An allen anderen Abenden essen wir frei sitzend oder angelehnt; an diesem Abend sitzen wir alle angelehnt (zum Zeichen der Freiheit).

Auch Daniel hatte gestern, gemeinsam mit anderen Kindern, die Fragen gestellt, und der Rabbiner als Hausherr des Abends hatte sie beantwortet.

Bis in die späte Nacht saßen wir zusammen. Viele Lieder wurden gesungen, und wir haben gegessen, um nicht zu sagen geschlemmt! Jedes Jahr überläuft mich ein Schauer, wenn in der *Pessach*-Nacht die Türen weit geöffnet werden und alle Anwesenden die Ankunft des Propheten Elia fröhlich begrüßen: »*Baruch haba*« – »Gesegnetes Willkommen«.

Ich sehe auf die Uhr. Nein, ich habe wirklich keine Zeit mehr zum Träumen!

Vor dem Kleiderschrank bleibt mein Blick immer wieder an dem Kleid mit dem für eine Oma bestimmt zu schrillen Blumenmuster hängen. Doch, was soll's! In den acht *Pessach*tagen, an denen wir nur ungesäuerte Backwaren essen, erinnern wir uns ja schließlich nicht nur an die Befreiung aus der Sklaverei, auch der Frühling wird freudig begrüßt.

Kaum habe ich den Reißverschluß am Rücken zugepfriemelt, klingelt es auch schon heftig.

»Ja, ja, ich eile«, rufe ich vergnügt und reiße die Tür auf. Daniel stürmt an mir vorbei.

Wütend »pfeffert« er seine Reisetasche durch den Flur. Der

für mich bestimmte Blumenstrauß landet vor meinen Füßen. Ohne ein Wort stürzt der Junge in die Toilette und schließt sich ein. Ich bleibe erschrocken stehen und höre ihn verzweifelt schluchzen.

Wie ferngesteuert sammele ich die zerrupften Blumen auf und dann die Tasche. Unter ihr finde ich Daniels Halskette mit dem *Magen David*. Gedankenverloren lasse ich die Blumen und die Reisetasche wieder fallen und hebe die Kette auf.

Ja, ich habe richtig gesehen, die goldene Kette ist zerrissen. Was ist das für ein Geräusch? Ein dumpfes: »Bumm.« Daniel haut wohl aus Verzweiflung mit seinem Kopf gegen die Tür. Jetzt heult und schreit er zornig: »Warum, warum?« Während ich die Kette hilflos von einer Hand in die andere gleiten lasse, laufen auch mir die Tränen über das Gesicht. Ich schließe meine Hand um den *Magen David*, da stechen mich sacht die sechs Ecken des Davidsterns.

Wie aus einem Traum aufgeschreckt versuche ich mich zurechtzufinden: »Daniel, was ist denn passiert?« Unerträglich schrill und hoch erscheint mir meine Stimme: »Komm sofort raus! Rede mit mir, bitte...«

Eine Weile bleibt es still.

Weder Daniel noch ich scheinen zu atmen.

Dann höre ich das zögerliche Drehen des Schlüssels, ganz langsam geht die Tür auf. Daniel steht blaß und verheult im Türrahmen. Seine Hände sind zu Fäusten geballt.

Schwer, im Zeitlupentempo, gehe ich auf ihn zu, lege meinen Arm um seine Schulter, schiebe ihn ins Wohnzimmer und auf das Sofa.

In die bedrückende Stille dringt das »Tatütata« eines Rettungswagens. Die schon lange abgelaufene CD gibt ein zartes Fiepen von sich.

Ich nehme Daniels Hand. Mit sanfter Gewalt muß ich die Faust öffnen, um ihm die Kette mit dem *Magen David* in die Hand zu drücken.

Da bricht es aus ihm heraus: »Diese Schweine, alle...«

Ich sehe ihn fragend an.

Daniel ist außer sich: »Den Davidstern haben sie mir vom Hals gerissen!«

»Wo?« ist das einzige, was ich in diesem Augenblick fragen kann.

»Wo? Wo?« echot Daniel: »In der U-Bahn! An der Konstablerwache sind sie mit mir eingestiegen. So junge Typen, vielleicht sechzehn. Zeigen andauernd auf meinen Davidstern und lachen so bescheuert: ›He, bist du ein Jud?‹ haben sie gefragt. ›Ich?‹ Ganz heiß ist mir geworden: ›Klar bin ich ein Jude! Wenn ich kein Jude wäre, würde ich wohl kaum den *Magen David* tragen.‹

Dann ging's los mit Sprüchen wie: ›Deutschland den Deutschen!‹ und ›Ausländer raus!‹ Und: ›Was willst du hier, du dreckiger Jud, mit deiner großen Nase? Verpiß' dich!‹ Einer hat mir die Kette vom Hals gerissen. Dann waren wir eine Station weiter, und sie sind grölend raus. Ich hatte Knie wie Pudding und ließ mich erst einmal auf eine freigewordene Bank fallen.

Als die Bahn wieder losfuhr, haben mich die Typen am Fenster entdeckt. Einer hat gegen das Fenster getreten und einer auf die Scheibe, hinter der ich saß, gerotzt.«

Daniel legt die zerrissene Kette auf den Tisch.

»Und die anderen?« schreie ich fast: »Da waren doch noch viele andere Menschen in der U-Bahn.«

»Die haben weggeguckt.« Plötzlich wirkt Daniel sehr müde.

»Vielleicht haben sie nichts bemerkt oder sich geschämt«, versuche ich ihn zu trösten.

Er verzieht seinen rechten Mundwinkel zu seinem Omadas-ist-doch-nicht-dein-Ernst-Gesicht: »Das glaube ich nicht! Da war eine, frisch vom Friseur und mit Tüten vom Feinsten, die hat sich schon eingemischt und mich angekeift: ›Könnt ihr euch nicht auf dem Schulhof kloppen. Wo leben wir denn?‹ – Jochi, mein neuer Freund, ist erst vor einem halben Jahr aus einem kleinen Ort in Rußland nach Deutschland gekommen. Er hat erzählt, wie seine Mitschüler in Rußland plötzlich angefangen haben, ihn zu verprügeln. Er ist dann nicht mehr in die Schule gegangen. Und auf der Straße haben die kleinen Mädchen: ›Dummer Jud, dummer Jud!‹ hinter ihm hergerufen.

Jetzt war er froh in Deutschland zu sein und dann so was... Ja, wo leben wir denn?«

Wir sitzen bewegungslos wie Puppen auf der Couch, in unsere Gedanken vertieft, da seufzt Daniel: »Wir sind Juden, na und? Ich bin hier in Frankfurt geboren, Mutti in Wiesbaden...«

»Und ich in Magdeburg«, fahre ich dazwischen, »und deine Urgroßeltern in Halberstadt, na und... Seit bestimmt eintausendneunhundert Jahren werden Juden auf heute deutschem Boden geboren und leben hier; doch bis zum heutigen Tag sieht man uns zunächst einmal als Fremde. Immer wieder werde ich gefragt: ›Wo sind Sie eigentlich zu Hause?‹«

Ich sehe Daniel in seine blauen Augen: »Wie erklärst du eigentlich einem nichtjüdischen Freund, was das ist ›ein Jude‹?«

Daniel überlegt: »Ja, wie? Ich bin doch zuerst ein ganz normaler Junge. Oder nicht? Mit einem anderen Glauben und auch mit anderen Feiertagen. Und dann würde ich fragen: ›Stört dich das?‹«

Ich nicke: »Gut, so würde ich auch erst einmal antworten und fragen.«

David überlegt weiter: »Es gibt aber auch Juden, die sind nicht religiös und halten sich nicht an unsere Feiertage.«

»Auch wir halten uns nicht ganz an die jüdischen Gesetze. Aber wir halten an unserer jüdischen Tradition fest. Ja so kann man das sagen.«

Daniel zögert: »Ich glaube, weil man uns Juden so viele hundert Jahre verfolgt hat, in Gettos gesperrt, *Pogrome* gegen uns begangen hat... die schrecklichen KZs, das Gas, die Vernichtung durch die Nazis... Ich fühle mich als Jude. Ja, ich bin ein JUDE!«

»Und wir Juden müssen unsere Geschichte kennen und dürfen unsere Toten nicht vergessen.«

Daniel überlegt: »Ich glaube, ich möchte einfach in einem Land leben, in dem ich keine Angst haben muß. Ja, ich möchte in einem Land leben, in dem ich genau so viel bin wie jeder andere Junge.« Plötzlich stockt Daniel: »Oma, entschuldige bitte, aber hier stinkt's!«

Was soll denn das? Versucht Daniel einen Scherz zu landen? Nein, jetzt rieche ich es auch.

Wir rennen in die Küche. Aus dem Ofen steigt dicker Qualm. Hastig schnappe ich die Topflappen und ziehe die Kuchenform aus dem Herd. Klar, daß ich mich ein bißchen verbrenne, doch das anschließende Fluchen tut jetzt einfach zu gut: »Verdammt!« und »So ein Mist!« und so weiter...

Daniel betrachtet den Schaden, um dann festzustellen: »Weißt du, Oma, wenn wir die Kugeln in der Mitte durchschneiden, müßte das doch noch ein prima Essen geben.«

»Ja, ich gieße noch Pflaumenkompott darüber.«

Obwohl es wirklich ganz gut schmeckt, stochern wir lustlos in unseren halbierten Klößen.

Ich mach mir Gedanken, wie unser Nachmittag vielleicht noch zu retten ist.

Daniel läßt seinen Teller halbvoll stehen und läuft im Zimmer auf und ab. Auch er weiß offensichtlich nichts mit sich anzufangen, drückt schließlich auf die Playtaste des CD-Players. Zu laut, zu fröhlich ist mir jetzt die Musik, doch ich werde mich hüten irgendetwas zu sagen.

Daniel schlendert durch die geöffnete Schiebetür in mein Arbeitszimmer und beginnt die Titel der Bücher im Bücherregal laut, gegen die Musik, ins Wohnzimmer zu rufen.

»Salamander, *Die jüdische Welt*
Elie Wiesel, *Die Weisheit des Talmud*
Cranach, *Da geht ein Mensch*
J. Lion/J. Lukas, *Das Prager Getto*.«

Daniel erscheint im Türrahmen, das große, in schwarzes Leinen gebundene Buch in den Händen: »Oma, steht da auch die schaurige Geschichte von dem künstlichen Menschen, dem jüdischen Frankenstein drin? Wurde der geklont?«

Irgendwie ärgere ich mich über diese Worte und belehre meinen Enkel: »Du meinst den Golem, geschaffen vom Hohen Rabbi Löw, um die Prager Juden zu retten. Mein Vater hat mir gerne vom Golem erzählt, am liebsten abends, damit ich besser einschlafen konnte.«

»Aber Geschichten über ein Ungeheuer, das sind keine Gutenachtgeschichten für kleine Mädchen. Oma, Oma...« Daniel droht lachend mit erhobenem Zeigefinger.

»Dein Urgroßvater und ich, wir konnten im Golem kein Ungeheuer sehen. Zehn Jahre diente er als Wächter, und in dieser Zeit hat er den Prager Juden nur geholfen.«

14

»Und das Haus des Rabbi unter Wasser gesetzt und das ganze Mobiliar wütend zerdeppert...«

»Doch nicht aus Gemeinheit«, unterbreche ich meinen Enkel, »aus Gehorsam!«

»Also, falsch programmiert«, stellt Daniel fest.

»Ja«, stimme ich nachdenklich zu: »In unserer erklärungssüchtigen Zeit würde der Jossel Golem vielleicht Jossel Computer heißen.«

»Also einen Vornamen hatte der Golem auch? Und war ein künstlicher Mensch?«

Ich nicke.

Mein Enkel überlegt weiter: »Dann würde er heute wahrscheinlich Jossel Roboter oder besser Jossel Rolem genannt.« Daniel wirkt nachdenklich. »Ich weiß wenig über den Golem. Nur, daß er sehr groß war und stumm und einen Zettel im Mund hatte, der ihn lebendig machte.«

»Was hältst du davon, wenn ich uns jetzt noch einen schönen Kakao mixe, wir uns gemütlich hinsetzen und ich erzähle, was ich vom Golem weiß?«

Zehn Minuten später hocken wir auf dem Sofa, einen warmen, dicksüßen Kakao in den Händen.

»Ich bin gespannt, wie ein Flitzebogen«, drängt Daniel. Er trägt inzwischen einen Schokoladenbart.

»Halt, ich hab doch noch...«, murmele ich schon im Aufstehen, »hier in der Schublade.«

»Bitte, jetzt keine Familienphotos«, nörgelt Daniel.

In der dritten Schublade finde ich tatsächlich die graue Mappe.

Wie lange habe ich sie nicht mehr angeschaut?

Zufrieden öffne ich die Schleife aus blauen Bändern und klappe die Mappe auf. Seidenpapier raschelt. Ein Blatt Pergamentpapier, beschrieben mit pechschwarzer Tinte, rutscht uns entgegen. Ich lese ergriffen:

Erlebtes und Erzähltes drängt in unser Bewußtsein. Lang und dunkel sind die Schatten, welche die Menschen aus den engen, winkligen Gassen der Prager Judenstadt werfen. Lang währen die Erinnerungen an Schicksale deiner jüdischen Ururahnen. Erlebtes und Erzähl-

tes drängt in unser Bewußtsein. Wie steht es in den Sprüchen der Väter?

»Wahrheit, Gerechtigkeit und Friede sind die Pfeiler der menschlichen Gesellschaft.«

Für Petra 1960

Die Mappe mit den Zeichnungen von Hugo Steiner, einem Nachkommen des Hohen Rabbi Löw, hat mir mein Großvater zur Hochzeit mit auf den Weg gegeben.

Jetzt blättere ich das erste schützende Seidenpapier auf. Wir sehen fasziniert auf eine Zeichnung von Hugo Steiner.

Hugo Steiner

al tnai

Daniel, den Blick auf die Zeichnung fixiert, verrät: »Mutti schwärmt uns Männern heute noch von eurem Frauenwochenende in Prag vor und erzählt zu gerne von jenem Herbstbesuch in der goldenen Stadt. Da müßt ihr drei Frauen, die Uroma, die Mutti und du, viel Spaß gehabt haben. Jetzt versucht sie immer wieder, den Vati zu einer Wochenendfahrt oder so nach Prag zu locken, und – großes Geheimnis! – dich will sie dazu einladen. Doch Vati sträubt sich, die Touristenströme nerven ihn, den ganzen Friedhof würden sie zertrampeln.«

»Das stimmt schon«, pflichte ich meinem Enkel bei, »ein Friedhof sollte ein Ort der Ruhe sein. Der alte jüdische Friedhof Prags erzählt ohne Worte von der alten und wechselhaften Geschichte der Prager Juden. Heute liegen hier zwölf Gräber übereinandergeschichtet. Da bietet sich dem Besucher ein stimmungsvolles Durcheinander von alten Grabsteinen, manche umgefallen, an anderen Moos oder Blattwerk wuchernd. Viele Grabsteine sind schon in der Erde versunken, andere ragen noch verzweifelt, Ertrinkenden gleich, aus dem Boden. Zweihunderttausend Tote liegen hier eng beieinander. Traurig macht es wohl jeden Juden, daß er so viele hebräische Inschriften und so viele Symbole auf den Grabsteinen kaum oder gar nicht mehr erkennen kann. Doch auch gut restaurierte Grabstätten sind auf dem Friedhof zu sehen. Mich hatte die Tumpa, das zeltförmige Grabmal des Hohen Rabbi Löw, mit dem in Stein gehauenen Löwen, damals tief beeindruckt. Bis heute stecken Menschen kleine Zettelchen mit handgeschriebenen Bitten in Steinritzen der Grabstätten.«

»Und aus Unsicherheit legen Touristen tellergroße Steine auf die Gräber, erzählt der Vati«, unterbricht mich Daniel, »und Frauen sollen auf dem Friedhof in den Sommermonaten halb nackt und Männer ohne Kopfbedeckung herumlaufen, und mancher nimmt sich sogar die *kwitl*, die Bittzettel, als Andenken mit.«

»Wenn das vorkommt, muß man den nichtjüdischen Besuchern erklären, wie man sich auf einem jüdischen Friedhof verhält«, versuche ich Daniel zu besänftigen. »Die Christen bringen ihren lieben Verstorbenen Blumen an die Gräber, wir Steinchen.«

»Aber doch nicht irgendwelche«, ereifert sich Daniel, »sondern Erinnerungssteine, Steine mit Bedeutung und kleine. So hatte Mutti von einem Besuch deiner Geburtsstadt Magdeburg ein Steinchen für die Uroma mitgebracht und auf ihren Grabstein, hier in Frankfurt, gelegt.«

Nach einer kurzen Pause fragt Daniel: »Oma, wenn auf dem Prager Friedhof so viele Menschen liegen, dann muß das aber eine sehr alte jüdische Gemeinde sein?«

»Ja, da hast du Recht! Nach einer Sage träumte die Gründerin Prags, die Fürstin Libussa, vor ihrem Tod von einem Volk, das in ihrem Fürstentum um Asyl bitten würde. Sterbend erzählte sie ihren Vertrauten von dem Traum und ermahnte die Anwesenden: ›Wenn ich nicht mehr unter euch bin und mein Enkel auf dem Fürstenthron sitzt, wird ein Schutz suchendes Volk zu ihm kommen. Gastfreundlich soll er es aufnehmen. Diese Fremden werden unserem Land Glück und Segen bringen.‹

Zehn Jahre später sollen ungefähr einhundert Juden, Männer, Frauen und Kinder, nach langer Wanderung um Heimat im Fürstentum gebeten haben.«

»Wann war denn das?« will Daniel genau wissen.

Doch ich weiß es nicht: »Warte, ich habe in meinem Arbeitszimmer Touristenführer von Prag, mit Geschichtsteil.«

Erstaunlich schnell finde ich einen Reiseführer im Regal.

Ich lese schon im Laufen: »Zeittafel Seite 11«

Und weiter in meinem Sessel:

»Im Jahre 900 war die Zahl der jüdischen Einwohner so angewachsen, daß der Fürst ihnen einen Platz am rechten Moldauufer zuwies und sie beim Bau ihrer Häuser unterstützte. Das war die Gründung der Prager Judenstadt.

Ein Anziehungspunkt für Pragbesucher ist auch die Alt-Neu-*Synagoge*. Baubeginn 1270, die älteste und noch genutzte *Synagoge* in Europa.«

»Und wann kamen die ersten Juden nach Prag?« will Daniel wissen.

»Das steht hier leider nicht, doch das kann man ausrechnen. Die Fürstin Libussa starb 840...«

»Zehn Jahre später, also 850«, errechnet Daniel.

»Richtig! Und ich kenne auch die wunderbare Geschichte vom Bau der *Synagoge*.«

Daniel nickt mir auffordernd zu.

»Mal sehen, ob ich sie noch zusammenbringe. – Als die Judenstadt in Prag vielleicht dreißig Häuser zählte, war die kleine Gemeinde wild entschlossen, eine schöne *Synagoge* aus Stein zu bauen.

Aber wer sollte sie bauen? Keiner der Prager Juden verstand das Brechen und Behauen von Steinen, lebten sie doch in kleinen Holzhäusern.

Doch nicht das war das Hauptproblem, sondern der Platz, der rechte Platz für ihre *Synagoge*.

Drei Juden fünf Meinungen!

Die ältesten und geachtetsten Männer der Gemeinde konnten sich nicht einigen. Da wurde debattiert, diskutiert und gestritten. Als der Streit der Männer um den ›rechten Ort‹ sich mal wieder vom Morgengebet bis zur frühen Mittagszeit hinzog, stürzte der kleine Jankel, ganz aufgeregt und verdreckt, in das Bethaus.

Die Männer wollten gleich losschimpfen; was ihm denn einfalle und so...

Doch der Knirps vollführte eine seltsam gebieterische Handbewegung. Die Runde verstummte, und Jankel verkündete: ›Wir Kinder haben Steine, behauene Steine, auf unserem Hgel gefunden.‹

Ja, mitten im Judenquartier gab es einen kleinen Hügel mit hohem Unkraut und wüstem Gestrüpp. Kein Platz für Erwachsene und deshalb der Lieblingsspielplatz der Kinder. Die Männer liefen aus dem Bethaus dem kleinen Jankel hinterher. Wer sie so aufgeregt mit wehenden Bärten und *Péjes* rennen sah, schloß sich neugierig an.

Wie schimpften die Erwachsenen, als sie sich, durch das dornige Gestrüpp kämpfend, die Hände zerkratzten und die

Kleidung zerrissen. Wie aber staunten sie über den Fund der Kinder. Aus einem Fleckchen Gras schauten behauene Steine. Fieberhafte Geschäftigkeit brach aus. Schaufeln oder Löffel wurden herbeigeschafft, und wer in seiner Eile nichts finden konnte, grub mit bloßen Händen. Gestrüpp wurde niedergebrannt, vermoderte Stämme und Erde weggeschleppt.

Zum Vorschein kam eine aus weißen Steinquadern aufgeschichtete Mauer.

Der Gemeindevorsteher sprach: ›Während wir Erwachsenen uns zankten, zeigte der Ewige, gepriesen sei sein Name, unseren Kindern den rechten Platz für unsere *Synagoge*.‹

Ein sehr alter Mann mit langem grauen Bart entsann sich kopfwackelnd einer Erzählung seiner Amme: ›Engel haben einst, lange ist es her, Steine vom heiligen, zerstörten Tempel im fernen Jerusalem am Ufer der Moldau abgesetzt und danach Menschen. So soll auch ich, nach der Erzählung meiner Amme, in Prag abgesetzt worden sein.‹

Die Frauen flüsterten in den Gassen: ›Ich habe sie gesehen in der letzten Vollmondnacht. Engel, zwei Engel schwebten auf den Hügel, um dort eine geheimnisvolle, schwere Last in die Erde zu senken.‹

Das Wunder dieses Fundes verbreitete sich schnell in den jüdischen Gemeinden der Welt. Viele Besucher kamen, um die Steine mit eigenen Augen zu sehen. Unter ihnen eine Gruppe gelehrter Rabbiner aus dem fernen Jerusalem. Sie beschauten prüfend die Steine. Nach einer kurzen Beratung erklärten sie: ›Die Steine sind gut erhalten, nehmt sie und baut mit ihnen eure neue *Synagoge*. Baut sie nach dem Vorbild des Tempels in Jerusalem. Die Fenster nach außen weit, nach innen aber verengt, das Gewölbe auf zwei Pfeilern ruhend. In die *Synagoge* soll jeder über Stufen heruntersteigen, denn es steht geschrieben: Aus der Tiefe rufe ich zu DIR... Wenn ihr die *Synagoge* so baut, wird sie die Jahrhunderte überdauern, bis wir unseren Tempel in Jerusalem wieder errichten. Dann sollen eure Nachkommen die Steine nach Jerusalem zurückbringen. Das ist die Bedingung der Engel, eure *Synagoge* ist nur *al tnai*!‹«

Daniel ist ganz bei der Sache: »Halt mal, *al tnai* ist doch hebräisch.«

»Richtig!«

»Und das Hebräische *al tnai* hat nichts mit alt-neu zu tun, das hebräische *al tnai* bedeutet: nicht für immer...«

»Oder nicht für ewig«, ergänze ich Daniel anerkennend. »Also hier in Prag als vorübergehend – als Bedingung der Engel zu verstehen, daß die Steine nach *Yerushalaim* zurückgebracht werden müssen, wenn wir dort einst unseren Tempel wiederaufbauen.«

Daniel lacht: »Dann verdankt die *Synagoge* ihren bis heute berühmten Namen Alt-Neu also einem Irrtum...«

»Ja einem Mißverständnis. Die Christen erklärten dieses *al tnai* als gebaut aus alten und neuen Steinen, und so heißt die *Synagoge* bis heute Alt-Neu-*Synagoge*.«

»Und damals lebte auch der Golem in Prag?«

»Nein, über dreihundert Jahre später!«

»Dann erzähl doch mal von Jossel Rolem oder Golem.«

Ich richte mich bequemer in meinem Sessel ein:

»Ich möchte ihn schon Golem nennen. Doch um dir zu gefallen, beginne ich mit einer ›falsch programmierten‹ Geschichte, beginnt meine Erzählung von den geheimnisvollen Ereignissen jener Tage mit Perl, der kleinen, etwas dicklichen, lebensfrohen Ehefrau des berühmten Rabbi Löw.«

»Das wird also eine Frauengeschichte«, motzt Daniel auf.

»Warte doch mal ab...«

Perl

»Wir schreiben das Jahr 1598. Die Katze hat ihren winterlichen Lieblingsplatz im Haus vor dem wärmenden Ofen mit ihrem Frühlings- und Sommerlieblingsplatz vor dem Haus in der wärmenden Sonne getauscht. Mit den ersten Frühlingssonnenstrahlen stürzen sich alle jüdischen Frauen in die Vorbereitungen für das *Pessach*fest. Perl singt und schwitzt bei ihrer Arbeit und freut sich schon auf die beiden *Seder*abende, auf den festlich geschmückten Tisch, auf die rituellen Speisen, auf die *Pessach*geschichten, auf die Lieder...

So in Gedanken poliert sie das *Pessach*geschirr auf Hochglanz. ›Schluß jetzt, *rébezenss*!‹, ruft sich Perl innerlich immer wieder selbst zur Ordnung. ›Bevor in meinem Haus sieben Tage lang nur *Mazzot* gegessen werden kann, muß erst einmal jedes Stäubchen Brot oder Kuchen aus gesäuertem Teig aus meiner Wohnung entfernt sein.‹

Ja, so ist es Brauch!

Viel ist noch zu tun, bis Perl die Festtagslichter anzünden darf, bis ihr Mann sie am *Seder*abend mit den Worten loben kann: ›Du hast dein Haus bereitet, Tochter Israels. Die *Seder*schüssel trägt *Pessach* – einen Knochen mit gebratenem Fleisch daran, als Erinnerung an das Opferlamm, *Mazzot* – das ungesäuerte Brot, und *Maror* – die Bitterkräuter, welche uns an das bittere Los der Kinder Israel in ägyptischer Sklaverei erinnern. Die Weinbecher stehen neben den *Haggadot* – jenen Büchern, welche von dem Auszug des jüdischen Volkes aus Ägypten erzählen. Blumen schmücken den Raum...‹

Ja, viel ist noch zu tun, bis Perl so geehrt werden kann.

Perls Urenkelkind, die kleine Hanna, ist aufgewacht und quengelt, bis sie endlich aus ihrem Gitterbettchen gehoben wird. Jetzt lacht Hannale, klatscht in ihre kleinen Hände und spielt zwischen den Füßen ihrer geschäftigen Urgroßmutter. Das erhöht die Hektik und die Fröhlichkeit in Perls Blut.

Immer wieder muß sie sich zwingen, nicht zu dem ruhenden Jossel Golem, in der dunkelsten Ecke auf ihrer Küchenbank, zu schauen. Vor wenigen Wochen hatte ihr Mann den Jossel mit nach Hause gebracht: ›Hier, das ist der stumme Jossel Golem. Ich habe ihn als neuen *Synagogen*diener angestellt. Er wird ab heute bei uns wohnen.‹ So hatte der *Rabbiner* seiner Frau den riesenhaften Mann an seiner Seite vorgestellt und Perl gewarnt: ›Du darfst ihn nie für deine Arbeiten im Haus mißbrauchen, denn es steht geschrieben: Das Gefäß, welches da dienet heiligen Zwecken, nutze niemals zu Diensten des Alltags.‹

Perl mußte sich schon über den Satz wundern und auch über den muskulösen Kerl mit den groben Gesichtszügen; doch ihrem Mann, dem Oberrabbiner von Böhmen und Mähren, würde sie nicht widersprechen.

In diesen geschäftigen Tagen aber muß Perl immer wieder denken: ›So ein kräftiger Mensch..., der ist doch bestimmt größer als jeder andere Mann hier im Getto. Ach was, der Jossel überragt bestimmt jeden Mann in Prag. Warum muß ausgerechnet er in meiner Küche so untätig herumsitzen?‹

Klug ist die Perl und denkt weiter: ›Ist es denn gewöhnliche Hausarbeit, die ich in diesen Tagen verrichte? Sind es nicht vielmehr Vorbereitungen zu einem großen Feiertag? Ist das keine Heilige Arbeit?‹

Das Kind unter dem Tisch singt: ›*Echad mi jode'a?*‹«

Daniel übersetzt: »Wer kennt eins?«

Und weiter: »Eins? Kenne ich: Einzig ist unser G'tt im Himmel und auf Erden.«

Ich nicke Daniel anerkennend zu und erzähle weiter: »Rifka, die Nachbarin, eilt beschwingt am Küchenfenster vorbei und grüßt. In ihrer Armbeuge baumelt ein Weidenkorb. Da fällt Perl ein: ›Auch ich muß ja noch zum Markt, einen schönen fetten Karpfen für mein Festessen kaufen.‹

Jetzt winkt sie dem Jossel zu: ›Jossel, holst du für mich Wasser vom Brunnen?‹

Schwerfällig löst sich Jossel von der Bank, tölpelt zu den leeren Wasserkübeln, jede seiner kräftigen Hände schnappt sich einen Eimer. So zieht er ab, Richtung Brunnen.

Da klemmt Perl energisch ihren Einkaufskorb in die Armbeuge, nimmt Hannale auf den Arm und eilt der Nachbarin

24

hinterher. Beim lebhaften Markttreiben, beim Ausgucken der Waren und beim Schwatzen verweilt Perl einige Zeit, bis sie sich auf den Heimweg besinnt.

Als sie in ihre Straße einbiegt, erblickt sie vor ihrem Haus einen Menschenauflauf.

Was hat denn das zu bedeuten?

Perls Herz beginnt wild zu klopfen. Sie beschleunigt ihre Schritte.

Näher gekommen, sieht sie Ströme von Wasser.

Ja, ein reißender Bach flutet aus ihrer Haustür.

Die neugierig Versammelten stehen untätig, verblüfft. Einige flüstern sich zu: ›Bestimmt veranstaltet unser großer Rabbi Löw hier einen seiner berühmten Zauber.‹

›Klar‹, mutmaßen andere, ›so will er auch das kleinste Krümelchen Sauerteig aus seinem Haus spülen.‹

Perl aber weiß sofort, was die Stunde geschlagen hat. Hanna an ihrer Hand fängt an zu heulen. Perl nimmt sie auf den Arm und kämpft sich durch die Versammelten.

So stürmt sie in die Küche.

Dort trifft sie den Jossel.

Bevor sie ihn bremsen kann, schüttet der Golem fleißig einen Eimer Wasser auf dem Küchenboden aus.

›Halt, halt, Jossel, hör auf, das reicht doch schon‹, ruft sie dem Übereifrigen zu.

Da stellt der Golem gemächlich die Eimer an ihren Platz zurück. Trottet zur Küchenbank. Müde läßt er sich in seinem Winkel nieder, den Kopf auf seinen Brustkorb niedersinkend. So verharrt er in seiner bekannten Ruhestellung, zufrieden mit der geleisteten Arbeit.

Huscht da nicht sogar ein Lächeln über die groben Gesichtszüge des Golem?

Nach dieser bösen Erfahrung sah sich Perl vor und bat den Golem nicht mehr um die geringste Hilfe.

Doch ›nicht mehr‹ heißt nicht ›nie mehr‹!«

»Aha«, meint Daniel zu wissen. »Also doch?«

»Na, na, du Naseweis, bevor ich vom ›doch‹, oder vom ›fast doch nie mehr‹ berichte, erzähle ich erst einmal vom Hohen Rabbi Löw und seinen Zauberkünsten... «

Da läßt uns Telefongebimmel aufschrecken.

Daniel stellt hektisch die leere Kakaotasse auf den Tisch: »Oma, gehst du ans Telefon, bitte! Das muß Mutti sein. Ich hatte versprochen, gleich anzurufen, wenn ich hier einlaufe.«

Ich bin schon auf dem Weg, schalte die Stereoanlage aus, eile den Korridor entlang und hebe das Telefon ab. »Ja«, melde ich mich. Meine Tochter am anderen Ende der Leitung ist ungehalten und besorgt. Ich versuche sie zu beruhigen: »Was soll denn passiert sein? Es ist alles in Ordnung. Ja, nein, hör' doch bitte mal zu. Daniel steht neben mir, ja. Ich bin schuld, ehrlich, oder besser die *Mazze*klöße. Naja, die waren ein bißchen angebrannt, und da haben wir gleich gegessen. Daniel war pünktlich bei mir. Nein, wir haben keine ganze Stunde gegessen, wir sind ins Quasseln gekommen. Danke für den schönen Blumenstrauß.«

»Was, den hat Daniel ganz alleine ausgesucht?«

»Sehr geschmackvoll, weiße Margeriten mit roten Rosen...« Jetzt winke ich meinen Enkel energisch ans Telefon:

»Ja, Mutti! Gerade wollte ich dich anrufen. Ja, aber, es war durch den Brand, nein es hat nicht gebrannt nur gequalmt... Wir haben die Klöße...

Klar, morgen bin ich Punkt zwölf am Saftladen in der B-Ebene, Hauptwache. Klar, beim Kaufhof... Ja, pünktlich... Schalom.«

Während Daniels Telefongestammel habe ich das Geschirr in die Spülmaschine geräumt.

Daniel kommt zu mir in die Küche: »Oh, oh, deine Tochter war ganz schön sauer, oh, oh!«

Ich gehe zurück ins Wohnzimmer. Daniel dackelt hinter mir her. Auch er hat, wie ich, ein schlechtes Gewissen.

»Wir hätten Gabi wirklich gleich anrufen müssen, sie hat sich Sorgen gemacht, da gibt es keine Entschuldigung.« Mit dieser kurzen Standpauke richte ich mich wieder in meinem Lieblingssessel ein. Daniel fläzt sich auf die Couch: »Ich fühle mich auch nicht wohl in meiner Haut. Aber gleich zu Hause anrufen und auch noch durch's Telefon heulen, was heute passiert ist... Nein!«

»Du mußt es erzählen...«

»Ja«, aber nicht gleich. In einer ruhigen Stunde, klar. Am besten am *Kabbalat Schabbat* vor dem Abendessen, dann ist auch Vati dabei.«

»Das sind noch drei Abende«, bemerke ich kritisch.

»Mutti ist immer zu überängstlich und bringt mich dabei in Verlegenheit. Wenn sie irgendetwas über Ausländerfeindlichkeit oder Antisemitismus hört oder liest oder im Fernsehen eine Talk-Show verfolgt, fallen ihr plötzlich Gründe ein, mich in die Schule zu bringen oder nach Schulschluß ›zufällig‹ vorbeizukommen, um mich abzuholen. Du bist doch auch nicht so ängstlich?«

»Vielleicht doch, nur zeige ich das nicht so. Wenn ich in jüdische Gemeinderäume will und vorher durchgecheckt werde, als wollte ich ein Flugzeug betreten, macht mich das schon nervös, dann ich muß mir jedesmal sagen, daß es nur zu meinem, zu unserem Schutz ist.«

»Für mich ist das normal«, bemerkt Daniel:»Jeden Tag muß ich durch die Kontrollschleuse, um in die Schule zu kommen.«

Daniel greift zur Mappe auf dem Tisch, schlägt sie auf und betrachtet flüchtig die Zeichnung mit dem Standbild des Rabbi Löw in Prag.

»Irgendwie schäme ich mich«, äußert er zögerlich.

Ich fühle mich unbehaglich:»Warum?«

»Ja, warum passiert das ausgerechnet mir! Damit komme ich nicht klar.«

Er schlägt die Mappe wieder zu:»Erzähle lieber weiter vom Rabbi Löw. Das tröstet irgendwie. War er für dich eigentlich ein Held?«

Meine Beklemmung beginnt zu weichen:»Bestimmt, aber in deinen Augen vielleicht mehr ein Idol für Omas, denn er war kein Rächer mit Fäusten und Pistolen. Er baute auf Wissen, er wußte um die Macht der Gebete, und er glaubte an Wunder.«

Daniel schüttelt den Kopf:»Wunder, einfach so, Wunder?«

»Nein, nicht einfach so! Der Hohe Rabbi Löw hatte die Gabe, aufkommende Gefahren schneller als seine Mitmenschen zu erkennen. Dann mobilisierte er die Geistesstärken des Löwen, der er war.«

»Oma, du kommst mal wieder ins Schwärmen und vom

Hundertsten ins Tausendste, erzähl' doch lieber von Anfang an«, fordert mein Enkel.

»Also erzähle ich zuerst von der Geburt des Hohen Rabbi Löw!«

Daniel rekelt sich auf dem Sofa zurecht:»Wenn's spannend wird, bitte.«

»Aber gewiß doch«, versichere ich,»geht es doch um eine Geburt und um eine Leiche...«

Worms 1525

»Wir schreiben das jüdische Jahr 5273, gezählt seit der Erschaffung der Welt. Die Schneeschmelze hatte den Rhein mächtig anschwellen lassen, und der Strom toste und tobte unterhalb der Stadt Worms. In den 42 Häusern des Gettos war alles für den ersten *Seder*abend gerüstet.

Die Nacht senkte sich über das Judenquartier, die Festtagslichter wurden angesteckt. Bald drang fröhlicher Psalmengesang aus den Häusern.

Alle Haustüren der Juden standen, wie es der Brauch verlangt, in dieser Nacht offen.«

Daniel zeigt sich informiert: »Um alle zum Mitfeiern einzuladen, die keinen *Seder*tisch haben. Und natürlich erwarten die Juden, damals wie heute, den Propheten Elias in dieser besonderen Nacht an ihrer *Seder*tafel.«

Ich erzähle weiter. »Mitten während der *Pessach*feier setzten bei der hochschwangeren Frau Barzalel überraschend die ersten Wehen ein. Ihr Kind wollte auf die Welt kommen. Aufgeregt verließen einige Frauen die festliche Tafel, stürzten aus dem Haus und eilten, die Hebamme zu holen.

Zur selben Zeit schlich eine dunkle Gestalt mit einem geheimnisvollen großen Sack über der Schulter durch die vereinsamten, dunklen Gassen des Gettos.

Kaum sah er die aufgeregten Frauen auf sich zulaufen, begann er wegzurennen oder besser zu flüchten?

Zwei Ordnungshüter auf ihrem Rundgang sahen, wie sich ein offensichtlich Verdächtiger mit großem Sack über der Schulter durch einen geheimen Mauerspalt aus dem Getto zu ihnen, in den christlichen Teil der Stadt, stahl.

›Da ist ein Dieb auf der Flucht!‹ flüsterten sich die Polizisten zu, stellten den vermeintlichen Räuber und schleppten ihn auf die Wache.

Voll Stolz über ihren Fang und gespannt, was für Schätze sie nun bergen würden, lösten sie die Kordel und öffneten den Sack. Erschrocken und angeekelt wichen die Polizisten zurück.

Kein Gold und kein Geschmeide fanden sie in dem Sack verborgen, sondern einen blutbeschmierten Toten.

Der Festgenommene beteuerte schlotternd: ›Ich bin kein Mörder. Ich bin nur ein Mann im Unglück. Für ein paar Münzen sollte ich den Toten in dieser Nacht in einem x-beliebigen Haus in der Judenstadt ablegen.‹

Wahrscheinlich rettete damals die Festnahme des Mannes der gesamten Judenschaft von Worms das Leben.«

»Warum?« will Daniel wissen.

»Gemeine, häßliche Behauptungen, zum Beispiel Juden würden Christenblut im *Pessachmazzot* verbacken, grassierten in diesen Tagen todbringend.«

»Das ist doch hirnrissig! Wer kann denn so einen Quatsch glauben?« empört sich Daniel.

»Viele! Sogar Päpste sahen sich genötigt, gegen solche abergläubischen Anschuldigungen vorzugehen und verboten, daß wegen solcher und vieler ähnlicher Erfindungen gegen die Juden Wut aufkam und man diese dann beraubte, ohne öffentliche Anklage, ohne Geständnis oder Prozeß. Doch wie zurückhaltend war der Ausdruck ›beraubt‹; da wurde geplündert, die Wohnungen der Juden wurden niedergebrannt und viele der Unseren zu Tode gequält. Die wenigen Überlebenden eines solchen Massakers, *Pogroms*, mußten dann ihre Gasse, ihr Haus verlassen und fanden sich ohne jedes Eigentum elend und rechtlos auf den Landstraßen wieder.

Der Besitz von Waffen war den Juden verboten. Sie waren die ›Kammerknechte des Königs‹ und darauf angewiesen, daß man zu ihrer Rettung Soldaten ausschickte, oder sie mußten bitten, daß eine Stadt sie gnädig aufnehmen möge.«

Daniel kratzt sich am Kopf: »Damit sie Steuern zahlten und in einem Getto leben durften!«

Mich machen seine Bemerkungen – oder sind es die Kratzgeräusche oder das Thema? – ganz kribbelig: »Die Juden waren in dieser Zeit gezwungen, hinter schützenden Stadtmauern, getrennt von den Christen, in ihren Wohnbezirken zu leben. Nur bei Tag wurden die trennenden Tore geöffnet. So lernte man sich nicht kennen.«

Daniel hört endlich mit der Kratzerei auf: »Doch in Worms

rettete ein Baby die Gemeinde? Das kann ja nur dein Rabbi Löw gewesen sein!«

»Klar!« bestätige ich: »Hätte der Verbrecher die Leiche in einem jüdischen Haus verstecken können, schnell hätte die Polizei einen heißen Tip bekommen. Die Leiche eines Christen in einem jüdischen Haus, da wäre es nicht zu langen Verhören gekommen...«

Daniel schickt unseren jüdischen Glückwunsch: »*Masel-tów! Masel-tów!*« durch das Zimmer.

»Genauso werden sie damals im Judenviertel den Knaben voller Freude begrüßt haben, und alle sagten ihm Ruhm und Größe voraus.«

»Besonders die Frauen«, bemerkt Daniel.

»Ja, sie riefen von Fenster zu Fenster: ›Mutter und Kind sind gesund und munter, Glück und Segen, *masel un broche! Maseltów!*‹ Und auf den Gassen erzählte man: ›Reb Bazalel Löw ben Zwi nennt seinen Sohn Jehuda. Er wird noch überall helfen, wo anderen jede Hilfe unmöglich erscheint, denn Juda ist gleich Jehuda ein junger Löwe, und unser Jehuda Löw wird einst ein doppelt starker Löwe sein.‹«

Da lag der kleine Löw, rosig und zart in seiner Wiege.

Doch die Zeit eilt. Schon sehen wir Jehuda mit *Péjes* und Bartflaum, sehen, wie er sich von seinen Eltern verabschiedet, um in das ferne Prag zu reisen. Studieren soll er dort an der berühmten Prager *Jeschiwa*, der jüdischen Hochschule. Hervorragende Lehrer und Rabbiner lehrten in Prag die *Tora* und den *Talmud*.«

»Also, die fünf Bücher Mose und, wie mein Religionslehrer sagt, den goldenen Faden zum Verständnis der *Tora* bildet der *Talmud*.«

Das begeistert mich: »Kommt doch das Wort *Talmud* aus dem hebräischen *Lomed* – Lernen.«

Daniel ist ganz bei der Sache: »Im Religionsunterricht beschäftigen wir uns auch mit dem *Talmud*; die Erzählungen, Gleichnisse und Legenden machen schon Spaß, aber die Sammlung der Gesetze, Gebote und Gebräuche mit den dazugehörigen Kommentaren, die sind schon knochentrocken und ganz schön schwer zu verstehen.«

»Aber nicht unmöglich! So machte sich Jehuda nach seiner *Bar Mizwah*...«

»... also nach dem *Schabbat* seines dreizehnten Geburtstags...«, weiß Daniel einzuwerfen.

»Ja, nachdem er als ›Sohn des Gebotes‹ feierlich in die jüdische Glaubensgemeinschaft mit allen Rechten und Pflichten aufgenommen war, machte er sich wissenshungrig auf den Weg.«

»Das war ganz schön hart«, bemerkt Daniel, »dann müßte ich ja in genau, warte mal, sechzehn Wochen aus dem Haus. Das gäbe ein Geheul, die *Mame* würde weinen, die Omilie würde bestimmt...«

»Jetzt ist's gut!«, unterbreche ich die bevorstehende Heularie: »Für die heranwachsenden jüdischen Gelehrten, für die *Jeschiwa Bocher* jener Zeit, war das normale Härte, wie du zu sagen pflegst. Ich denke, Jehuda trat aufgeregt und aufgekratzt seinen Weg an, denn sein Zukunftswunsch war schließlich, Rabbiner zu werden!

Der junge Löwe

»In Prag lud der Kaufmann Samuel Schmelke, wie auch andere wohlhabende Juden, jeden Abend Schüler der *Talmud*hochschule zum Abendessen an seinen Tisch.«

»Klar«, bringt Daniel sich ein, »so kann der Geschäftsmann, der selber nicht genug Zeit für das Studium heiliger Texte hat, das *Tora*- und *Talmud*studium anderer unterstützen.«

»Ja, und hat damit das Glück, eine *mizwa*, das Gebot einer g'ttgefälligen Tat, erfüllen zu können.«

Daniel läßt mich nicht ins Erzählen kommen: »Und bei Tisch, besonders an den gemütlichen *Schabbat*abenden, kann der Spender in langen Gesprächen vom Wissen seiner *Jeschiwa Bocher* profitieren.«

Ich zeige Daniel meinen Unwillen: »Klar, aber hör' jetzt endlich mal zu! Da blieb es nicht aus, daß auch an Samuel Schmelkes reichlich gedecktem Freitisch von dem neuen, sehr langen, schlaksigen Schüler, einem gewissen Jehuda oder Löw aus Worms berichtet wurde und von seinem überdurchschnittlichen Bildungseifer.

›Das wäre ein Schwiegersohn nach meinem Geschmack‹, mußte der Händler Schmelke immer wieder denken und: ›Einen *Tora*- und *Talmud*gelehrten in meiner Familie, welch eine *mizwa*. Studieren soll er! Denn mit einer ordentlichen Mitgift kann er als mein Schwiegersohn rechnen.‹ Schmelkes Augen ruhten bei solchen Überlegungen liebevoll auf seinem einzigen Kind, seiner Tochter Perl.

Gespannt verfolgte er die Entwicklung Judas. Überall zog er Erkundigungen über den jungen Mann ein. Und alles was er sah und hörte, erfüllte sein Herz mit großer Freude. Einen Monat vor Perls 13. Geburtstag sah man Reb Schmelke ins Haus des Heiratsvermittlers gehen. Denn so war es Brauch, nur ein Heiratsvermittler konnte die Ehe vermitteln.

Gleich nach der Verlobungsfeier schnürte Juda sein Bündel, um in Polen weitere Schulen gelehrter Rabbiner zu besuchen. Perl aber blieb in ihrem Elternhaus.

Mit jeder Stufe Wissen, die Juda erklomm, verblaßte der Reichtum im Hause Schmelke. Drückende Steuern und bodenlose Sonderabgaben für die Prager Juden, verbunden mit schlechten Geschäften, stürzten die Familie unerwartet in Armut.

Die kluge Perl eröffnete in der Judenstadt einen kleinen Bäckerladen. Jetzt ernährte die einst so Verwöhnte ihre Familie.

Juda erhielt von seinem Schwiegervater, mit zitternder Hand geschrieben, folgenden Brief:

Mein lieber Sohn,
ich entbinde Dich von Deinem gegebenen Heiratsversprechen.
Heute zählt die Familie Schmelke zu den Armen im Prager Getto.
Mein Reichtum ist geschmolzen schneller als der Schnee vor Pessach
und so auch die für Dich vereinbarte Mitgift.

Löw antwortete postwendend. Er wolle sein gegebenes Wort nicht zurücknehmen, doch eile es ihm nicht mit der Vermählung. Wenn Perl jedoch einen anderen Bräutigam wähle, wolle er ihr nichts in den Weg legen.

Die Zeit ging dahin.

Juda vertiefte sich in die Wissenschaften. In Mähren nahm er eine Berufung als Landesrabbiner und Schulrektor an, bis man ihn als Religionslehrer an die bekannte Klaus*synagoge* nach Prag rief.

Jetzt konnte Jehuda Löw seine liebe Braut Perl heiraten.

Nach der Hochzeit bezogen die frisch Vermählten ein kleines Häuschen in der engen, bei geschäftigen Händlern und Kunden sehr beliebten Breite Gasse.

Über der Haustür grüßte ein in Stein gemeißelter Löwe und eine Traube voll Weinbeeren.

Der Löwe als Wappentier am Haus des Rabbi Löw ist klar! Und die Weinrebe?«

Daniel guckt mich fragend an.

»Gleichen wir Kinder Israel nicht den Weinstöcken, welche der Ewige gepflanzt hat, welche ER pflegt und beschützt?« beantwortete ich meine Frage selbst und erzählte weiter: »Wegen seiner hohen Gestalt und seinem großen Wissen nannten die Prager Juden den neuen Rabbiner bald den Hohen Rabbi Löw! Die Gelehrten nannten ihn: den Löwen unter den Weisen, und seine Schüler nannten ihren Lehrer den *Maharal* von Prag.«

»*Maha*...?«

»Du lernst doch Hebräisch«, bemerkte ich im gespielten Oberlehrerton.

»Ja, aber...«, zögert Daniel.

Ich klopfe mit dem Löffel auf den Tisch: »So, so, *Maharal*, das Wort kennst du nicht?«

Daniel schüttelt den Kopf.

»Natürlich nicht«, lache ich. »Das ist ja eine Abkürzung! Also: *Morenu*?«

»Lehrer.«

»*Haraw.*«

»Rabbiner.«

»*Liwa.*«

»Aha, Lehrer Rabbiner Löw, unser Lehrer und Rabbiner Löw.«

»Sehr gut, setzen!«

»Nein, aufstehen und essen!« flachst Daniel zurück: »Ich möchte ein wenig warme Milch, keine heiße mit Haut und dazu *Mazza*. Die zerbröseln wir, dann wird das Ganze ordentlich gezuckert und die Milch darüber gegossen, das schmeckt einfach genial und viel besser als Cornflakes.«

»Und macht auch mehr Bröseldreck. Deshalb ab in die Küche!« Daniel zerbricht die *Mazze*scheiben in zwei Suppenteller. Ich wärme die Milch: »Du bist jetzt alt genug und verträgst einen Schluck kräftigen Kaffee dazu. Mein Geheimrezept, das Ganze schmeckt dann noch genialischer.«

»Ob der Hohe Rabbi Löw wohl auch schon seine *Mazzot* zu Flakes verarbeitet hat? Also, altes jüdisches Rezept?«

Ich weiß es nicht und bin nur erstaunt, wie viele Krümel neben die Teller prasseln können.

Daniel fängt meinen Blick auf: »Ich sauge nachher, Oma, kein Problem. Staubsauger gab es zu Löws Zeiten bestimmt nicht, da mußte in den *Pessach*tagen viel gekehrt werden, mann-oh-mann! – Verdiente Löw als Rabbiner eigentlich sehr gut?« will Daniel wissen, als ich ihm den lauwarmen Milchkaffee über die *Mazze*cornflakes gieße.

»Was heißt ›sehr gut‹? Für ein gesichertes, wenn auch bescheidenes Familienleben wird es schon gereicht haben. Doch wenn die Kasse für wohltätige Zwecke leer war oder wichtige bauliche Verbesserungen im Getto nötig waren, besprach und beriet sich Löw mit dem sehr reichen und großzügigen jüdischen Bürgermeister Marek Mordechaj ben Samuel Meisl.«

Ich versuche meine *Mazze*flakes zu genießen, doch Daniel läßt mich nicht: »Was«, staunt er, »ein jüdischer Bürgermeister in Prag?«

»Ja, sogar Oberbürgermeister! Allerdings nur für die Prager Juden!«

»Ach, so...« Daniel ist enttäuscht.

»So auch nicht«, kontere ich. »Meisl gestaltete mit Köpfchen und Spenden das damalige Leben im Getto erheblich mit. Nicht nur durch Almosen oder zinslose Kredite an Mittellose, auch die schlammigen Gassen der Judenstadt ließ er pflastern, finanzierte und gründete ein Krankenhaus und die erste Begräbnisbruderschaft. Nach einem Brand im jüdischen Rathaus ließ Meisl es prächtiger als vor dem Brand wieder aufbauen. Das Rathaus war wirklich einmalig in der jüdischen Welt; denn außer in Palästina, beziehungsweise Israel, gab es keinen jüdischen Oberbürgermeister mit eigenem Rathaus. Hier tagte der Ältestenrat und leitete alle Angelegenheiten der Gemeinde. Sogar Prozesse, bei Streitigkeiten zwischen Juden, fanden hier statt.«

Daniels Teller ist schon leer: »Dann lebten die Prager Juden nicht, wie die anderen Juden, verriegelt im Getto?«

»Auch die Prager Juden mußten in dem Viertel leben, das man ihnen zugeteilt hatte. Doch zur Zeit des Hohen Rabbi Löw blieben die Tore des Gettos Tag und Nacht offen. Und eine eigene Verwaltung für ihre jüdischen Angelegenheiten war ihnen gestattet, aber nur für ›ihre‹!«

»Und der Meisl war Bürgermeister?«

»Vielleicht genauer: Vorsitzender des Gemeinderates. Gegen Bestimmungen der Mitglieder des Prager Rates, der Stadtverwaltung außerhalb des Gettos, war aber auch der Bürgermeister der Judenstadt machtlos. So wurde die Bitte Meisls, das Getto erweitern zu dürfen, um die drückende Wohnungsnot zu lindern, von den Prager Ratsherren immer wieder abgelehnt, obwohl die Bevölkerung im Laufe der Jahre von ungefähr 1400 auf 8000 Juden angewachsen war.«

»Wie denn das?« will Daniel jetzt genau wissen.

»Es war die Zeit der Inquisition, eine Einrichtung der katholischen Kirche, die sogenannte Ketzer oder Abtrünnige, aber auch Juden und Moslems grausam verfolgte. Aus Spanien und Portugal wurden alle Juden radikal vertrieben. Auch aus deutschen Gegenden mußten Juden emigrieren. So murrten in den Städten die Gilden, Zünfte, Kaufleute gegen die jüdische Konkurrenz, aber auch Geistliche predigten gegen die Juden in den Gettos. Häßliche Verleumdungen waren dann oft Anlaß genug, sie aus ihren Wohngebieten zu vertreiben.

Die Juden waren Spielball der Herrschenden.

Zur Zeit Kaiser Rudolf II. lebten die Juden in Prag relativ sicher. Nicht zuletzt, da Mordechaj Meisl dem Kaiser samt Hofstaat Geld zu äußerst günstigen Bedingungen lieh.«

Daniel schiebt die *Mazze*krümel zu kleinen Häufchen zusammen: »Klar, daß viele vertriebene Juden nach Prag flüchteten.«

»Ja, da baten elend Verarmte, aber auch gutgestellte jüdische Familien um Asyl im Prager Getto. Da wurden die kleinen Häuser aufgestockt, turmhoch. Oft mußten zehn Personen in einem winzigen Raum hausen. Auch tief in die Erde grub man Wohnraum. Hier lebten die Ärmsten in schimmlig feuchten Räumen ohne Tageslicht.«

»Trotzdem durfte die Judenstadt nicht erweitert werden?« empört sich Daniel.

»Eigentlich nicht, und doch schaffte es Meisl, ein Feld, am jüdischen Friedhof gelegen, der Stadt abzukaufen. Aber es wurde nicht erlaubt, ein Wohnhaus dort zu bauen, nur der übervolle Friedhof konnte so erweitert werden, und der Bau einer *Talmud*schule wurde erlaubt. Dann erteilte der Kaiser persönlich ›seinem Hofjuden‹ Meisl das Privileg, an der Rückwand des Rathauses eine *Synagoge* zu errichten, die herrliche Hohe *Synagoge*.«

Daniel staunt: »Hoch wie ein Dom?«

»Nein, ›Hohe‹, da ihr Betraum im zweiten Stock lag.«

Jetzt zieht Daniel mit dem Zeigefinger Straßen durch seine *Mazze*bröselhäufchen auf dem Tisch: »Ich sauge die Küche.«

»Und den Tisch?« will ich wissen.

»Den sauge ich auch!« antwortet Daniel keß.

»Wie-bit-te...?«

»So funktioniert das mit dem Krümelzeug am besten, ehrlich, das mache ich zu Hause...«

» ... auch?« frage ich ungläubig.

»Wenn keiner zuschaut.«

»Na gut, ich schaue nicht hin! Gehen wir dann einen Eisbecher verdrücken?«

»Nein, bitte hab' Erbarmen, ich bekomme keinen Bissen mehr runter. Lieber will ich auf deine phänomenale Hollywoodschaukel auf dem Balkon, und du erzählst vom Hohen Rabbi.«

... beim Kaiser

»Das wird vielleicht zu kalt.«

»Ach was, wir können uns ja in Decken wickeln!«

So wie es Daniel gewünscht hat, sitzen wir in der März-sonne, eingewickelt wie Raupen in ihren Kokon, und ich er-zähle vom Hohen Rabbi Löw und dem römisch-deutschen Kaiser und König von Ungarn und Böhmen.

Auch Rudolf II. hörte in seiner Burgstadt auf dem Hrad-schin von dem neuen Religionslehrer unten in der Judenstadt. Eine unerschütterliche Autorität sollte er sein und das nicht nur für jüdisch-religiöse Fragen. Dieser Jude sollte sich auch für moderne Wissenschaften interessieren, zum Beispiel für Himmelsbeobachtungen, für die Wege der Sterne, für Astro-nomie. Mit Philosophie sollte er sich ebenfalls beschäftigen und auch über gute Kenntnis des Lateinischen verfügen. Er-regt lauschte der Kaiser, wenn von den überdurchschnittlichen Kenntnissen dieses Rabbi in der jüdischen Geheimlehre, der *Kabbala*, die Rede war.

Lag vielleicht in der Suche der *Kabbalisten*, die Dinge hinter den Dingen zu erkennen, der Schlüssel zum unerschöpflichen Reichtum? Oder barg die jüdische Geheimlehre sogar das Ge-heimnis, das Schicksal nicht nur aus den Sternen zu lesen, sondern zu beeinflussen?

Diesen Juden mußte der Kaiser kennenlernen.

Also befahl er den *Maharal* von Prag auf seine Burg.

Der Weg führt den Hohen Rabbi Löw über die Karlsbrücke mit ihren sechzehn Bögen. Am Flußufer stehen die kleinen ärmlichen Häuser einfacher Handwerker, Fischer und Fuhr-leute. An den Hängen des Hradschin prangen Adelspaläste, weitläufige Klöster und Kirchen und das erzbischöfliche Pa-lais. Vom Domplatz schrillen Steinsägen und nerven Hammer-schläge. Der alles überragende Veitsdom steckt in einem Ge-rüstkorsett; unter ihm liegt die Burgstadt. Ein wenig ins Schnaufen kommt der Hohe Rabbi schon bei seinem steilen Aufstieg.

Am ersten Burgtor erwartete den Hohen Rabbi Löw ein kaiserlicher Leibgardist. Auf dem Kopf trug er einen Huthelm mit reichlichem Federschmuck, um den Hals einen steifen Mühlsteinkrauskragen. Seinen runden Bauch zwängte ein Brustharnisch ein. Bewaffnet war er mit spitzem Schwert und langer Lanze. Geringschätzig begutachtete der Soldat den kaiserlichen Gast. Das war ja ein Jud in schneeweißen Kniestrümpfen und schwarzen Kniebundhosen, mit flatterndem Kaftan, langem Bart, und trotz der Hitze trug er einen breitkrempigen, mit Pelz besetzten Hut. Im zackigen Stechschritt marschierte der Soldat vor dem Rabbiner über den Burghof zur breiten steinernen Treppe. Hier nahm ihn ein affektierter Page in Empfang. Ausgestattet mit einem fünfarmigen Kerzenleuchter, leitete er den Rabbiner durch ein verwirrendes Labyrinth dunkler Gänge, bis er ihn in ein kleines Kabinett entließ.

Löw stand auf dicken Seidenteppichen, umgeben von kostbaren Vorhängen, die von der hohen Decke bis auf den Boden wallten. Ein Edelmann saß in einem karmesinroten Sessel vor einer sehr bunten handbemalten Gardine, Motiv ›Sterbender Hirsch am Waldesrand‹. Obwohl nicht das leiseste Lüftchen durch den Raum zog, bewegte sich der dünne Stoff leicht.

Der Edelmann wies auf den ihm gegenüber stehenden leeren Sessel. Kaum hatte Löw sich gesetzt, fing sein Gegenüber auch schon mit der Unterhaltung oder besser Befragung an. Zunächst mit unverfänglichen Fragen über den *Talmud* und über die in ihm enthaltenen ›Sprüche der Väter‹.

Ungewöhnlich laut sprach der Adlige, und er forderte auch den Rabbiner auf, sehr laut zu reden.

Löws Gegenüber war hoch gebildet. Geschickt lenkte er das Gespräch auf das Verborgene hinter dem Sichtbaren. Klug versuchte er mit Hilfe des Hohen Rabbi Löw, in die jüdische Geheimlehre, in die *Kabbala*, einzudringen, in das Buch *Empfang/Erhalt/Überliefertes*. In die Geheimnisse der vom G'ttlichen durchlaufenen und durchdrungenen vier Welten und zehn Sphären. Auch den Schlüssel zur mystischen Buchstaben- und Zahlendeutung hoffte der adlige Gesprächspartner dem Hohen Rabbi zu entlocken. Doch das Wesen der *Kabbala* ist das Geheimnis.

Plötzlich teilte sich der Vorhang hinter dem Edelmann. Der Kaiser stand vor dem Löwen unter den Weisen.

Zu aufregend war diese Erörterung für den Herrscher. So hatte der Souverän seinen Hochmut überwunden und die verborgene Nische verlassen, um sich mit seinem jüdischen Gast persönlich auszutauschen.«

»Worüber?« will Daniel wissen.

»Wir wissen es nicht, die Themen der kaiserlich–rabbinischen Unterredung blieben geheim, so wollte es das ungeschriebene Gesetz.«

»Und wo bleibt die Zauberei?« fragt Daniel.

»Wenn Gespräche nicht mehr stattfinden, wenn Wissen nicht mehr zählt, vielleicht wird es dann Zeit zu zaubern«, antworte ich nachdenklich. »Doch wagen wir einen starken Bruch und gehen ein paar Jahre weiter in der Geschichte...«

1 2 3 Zauberei 1

»Werfen wir einen Blick in eine der zahlreichen stickigen, mit angesoffenen Männern überfüllten Schenken Prags. Hier wurden plötzlich böse Witze über Mousche und Itzig gerissen. Giftiges Lachen gegen Juden begann gefährlich hochzukochen.
›Juden hier, Juden da. Hier sieht man ja nur noch die Itzigs.‹
›Klar, Juden vermehren sich schneller als Kaninchen. Bald gibt es keine Christenmenschen mehr in unserem schönen Prag.‹
Sprüche wie diese heizten die böse Stimmung an. Zur gleichen Zeit schielte so mancher christliche Handelsherr neidisch auf das geschäftige Treiben in der Judenstadt. Mit größter Sorge verfolgte der Hohe Rabbi die aufkommende Gefahr. Dabei kreisten seine Gedanken immer wieder hinauf zur Burg, zum Kaiser Rudolf II. Nur der Herrscher konnte veranlassen, daß ›seine‹ Juden besser geschützt wurden, waren sie doch des ›Königs Kammerknechte‹. Mehrmals bat der Rabbi schriftlich um ein Gespräch mit dem Kaiser, doch er erhielt keine Antwort. Löw verstand das nicht. Hatte er bei seinem Besuch auf der Burg keinen guten Eindruck hinterlassen? Sicher, das war schon ein paar Jahre her, doch der Kaiser mußte sich an ihn erinnern. Nur der Herrscher konnte jetzt noch helfend eingreifen. Löw mußte dem Kaiser helfen, sich an ihn zu erinnern.

Persönlich mußte er um eine Audienz beim Kaiser bitten. So begab sich der Hohe Rabbi hinauf zur Burg. Die Bediensteten in der Residenz speisten den Rabbiner mit dümmlichen Ausreden ab. Andere schlugen ihm einfach die Tür vor der Nase zu. Nicht einmal zum ersten Kammerherrn des Kaisers, zu Philipp Lang, gelang es dem Hohen Rabbi vorzudringen, und dieser entschied, wer eine Audienz beim Kaiser bekam.

Ein Höfling flüsterte dem Rabbi schadenfroh zu: ›Ja, es ist nicht leicht, gar nicht so leicht, von unserem Kaiser empfangen zu werden, und für einen Jiddel wie euch ist es in diesen Zeiten sogar unmöglich! Da müßtet ihr schon zaubern können, um Gelegenheit zu bekommen, vor dem Herrscher zu jammern und zu lamentieren, wie die Kammerherren euch eures Liebsten berauben und eure Geldkatzen auspressen. Oder wollt ihr seine kaiserliche Majestät gar aufklären, wieviel der unverschämt reiche Jud Meisl an Abgaben und Geschenken an die kaiserliche Schatzkammer gegeben hat? Nein, nein, das geht nicht! Dann kommt ja an's Licht, wieviel unser hochgeschätzter erster Kammerherr Lang am Kaiser vorbei in die eigene Tasche gewirtschaftet hat. Verschwendet also nicht länger eure und unsere Zeit mit eurem ungehörigen Begehren. Geht brav nach Hause und fügt euch ins Unvermeidliche!‹

Nach dem letzten Satz brach der Höfling in boshaftes Gelächter aus und ließ den Löwen unter den Weisen einfach stehen. Intrigen, Bestechlichkeit und Betrügereien am Hof interessierten den Rabbiner nicht. Doch die soeben angedeutete Unsicherheit, wahrscheinlich sogar Angst des höchsten Beraters des Kaisers vor geschwätzigen Juden bedeutete höchste Gefahr und bedrohte alle in der Prager Judenstadt. Klar, um mit dem Kaiser in dieser Situation ins Gespräch zu kommen, mußte der Rabbi schon zaubern.«

»Endlich...«, kommentiert Daniel.

Ich versuche, mich nicht irritieren zu lassen.

»Also, eins-zwei-drei, Zauberei... Zauber Eins komm herbei: Wenige Tage später sehen wir den Hohen Rabbi Löw in einer Menschenmenge an der steinernen Karlsbrücke stehen. Alle hier Versammelten warten schon Stunden.

Immer wieder fragte jemand ungeduldig: ›Ist es denn wirklich wahr? Kommt der Kaiser heute über die Brücke?‹

Einige berichteten: ›Das letzte Mal habe ich einen Tag, eine Nacht und dann nochmals einen halben Tag gewartet, aber dann kam der Herrscher in seiner goldverzierten Kutsche.‹

›Ja, das war vor einem Jahr. Ich war auch dabei. Der Vorhang hinter dem kleinen Fensterchen in der Kutsche war zurückgezogen.‹

›Stimmt und eine Rose hielt der Kaiser in der Hand.‹

›Wohl gegen den Gestank der Straße‹, lästerte eine korpulente Fischersfrau.

›Oder deinen‹, konterte ein fein geputzter Handwerksmeister.

›Na, na!‹ warnten andere.

›Ach was, mich hat der Kaiser angesehen und ganz leicht mit seiner weißen Porzellanhand gegrüßt‹, keifte die Fischersfrau.

›Keinen Streit, sonst werden wir von den Wachen zu Pferd gleich vertrieben, und nichts kriegen wir zu sehen, nur Stockschläge zu spüren und blaue Flecken‹, versuchten andere die Streitenden zu beruhigen.

Heute sollte also das Volk wieder einmal die seltene Gelegenheit haben, den scheuen Kaiser samt Hofstaat jubelnd begaffen zu dürfen. Oder gar einen kaiserlichen Blick zu erhaschen!

Da näherte sich wirklich die kaiserliche Kutsche im schnellen Galopp. Der Hohe Rabbi Löw kämpfte sich verzweifelt durch die Menge. Todesmutig, mit ausgebreiteten Armen, stellte er sich den heranpreschenden Pferden in den Weg.

Der Kutscher zog die Zügel an und riß den Bremsklotz herunter. Millimeter vor dem Rabbiner kam der Vierspanner zum Stillstand. Die Pferde schnaubten, stierten irre und schlugen bedrohlich mit den Vorderhufen gegen Löw.

Welch eine Ungehörigkeit hatte dieser Jude sich da erlaubt!

Wie mußte der arme Kaiser in seinem Coupé durchgeschüttelt worden sein!

Die Zuschauer begannen wütend zu grölen: ›Aus dem Weg!‹ Andere sammelten Steine, Erdklumpen und Kot, um den Rabbi mit dem Dreck der Straße zu bewerfen.

Doch der Rabbiner stand unerschütterlich, ein Fels in der Brandung, seine Augen starr auf die kaiserliche Kutsche geheftet. Plötzlich wechselte das häßliche Krakeelen in erstauntes, spannungsgeladenes Schweigen.

Was war das? Wie war denn das möglich?

Der Dreck und die Steine fielen wohlduftend und federweich als Veilchen oder Rosen auf den Hohen Rabbi Löw nieder. Der Kaiser lugte vorsichtig aus dem kleinen Fenster seines Gefährts, der Hohe Rabbi trat im Blumenregen näher. ›Ist er nicht der Löw?‹ fragt der Durchgerüttelte verdutzt. Der Hohe Rabbi nickte und reichte dem Herrscher sein Schreiben mit der Bitte um Audienz durch das geöffnete Fensterchen. Der Kaiser überflog das Schriftstück. Danach verordnete er dem Löw Stubenarrest.

›Sieben Tage darf er sein Haus nicht verlassen, dann laß ich ihn holen!‹ lautete der kaiserliche Befehl.

Der Hohe Rabbi Löw gab den Weg wieder frei. Die kaiserliche Kutsche sprengte über die Brücke. Nachdenklich ging der Rabbiner nach Hause.«

Daniel mischt sich ein: »Oma, das war doch wohl keine Zauberei, das war eher ein Wunder.«

Ich wiege meinen Kopf hin und her: »Ich weiß es nicht. Liegen Wunder und Zauberei nicht eng beieinander?

Jedenfalls fuhr sieben Tage später eine prächtige Kalesche durch die Judenstadt. Vor dem Haus mit dem Löwen und der Weintraube über der Eingangstür hielt der Wagen. Schwungvoll sprang ein livrierter Diener vom hinteren Stehbrett des Kutschbocks, um in das Haus zu eilen.

Es dauerte nur wenige Minuten, da hastete der Lakai, jetzt in Begleitung des Hohen Rabbi Löw, aus dem Haus.

Die ganze Straße sah erstaunt zu, wie eilfertig, wie untertänig der Kutscher den Fußtritt für ›Ihren‹ Hohen Rabbi herunterklappte. Danach öffnete der Livrierte ›Ihrem‹ Hohen Rabbi Löw den Wagenschlag und verharrte ehrerbietig in vorgebeugter Haltung, bis der Rabbiner seinen Platz in der Kutsche eingenommen hatte. Mit lebhaften Peitschenschnalzern ging es aus der Judenstadt zur Burg. Welch eine Ehre für alle Bewohner des Gettos! Lange saßen Kaiser Rudolf II. und seine beliebtesten Edelleute und geschätzten Gelehrten im Gespräch mit unserem Hohen Rabbi. Immer wieder lenkte Löw den Gedankenaustausch auf Fragen über Recht und Unrecht. Dabei mahnte er eindringlich mehr Gerechtigkeit und Sicherheit für seine Glaubensbrüder an. Zum Beispiel – wer auch immer Klage gegen einen Bewohner der Judenstadt vorzubringen habe, müsse dies vor einem ordentlich bestellten Gericht tun und dürfe nicht einfach versuchen, ›seine‹ Gerechtigkeit mordend und plündernd zu vollstrecken. Oder er fragte: ›Was ist das für eine Gerechtigkeit, die tatenlos zusieht, wenn wegen Verfehlung oder Schuld eines einzelnen Juden alle Juden in der Stadt bedroht sind?‹

Die sich einschleichende Nacht und das flackernde Licht der Kerzen in den wuchtigen Leuchtern drängte die Gedanken der um Rabbi Löw Versammelten zu den geheimnisvollen Mächten, welche die Geschicke der Menschen beeinflussen, ja beherrschen können. Löw wich aus; vertiefte sich in Gedanken über die Vergangenheit, die in der Gegenwart lebt und so die Zukunft beeinflußt. Der Herrscher fixierte den Rabbi, über sein Gesicht huschte ein abfälliges Lächeln: ›Löw, mit Eurer Auffassung, Eurem Glauben, muß es doch ein Leichtes für den Hohen Rabbiner sein, die Vergangenheit tatsächlich, ich will sagen, in ›persona‹, wieder zu beleben. Ich, der Kaiser, wünsche die Urväter des alten Testamentes, Abraham, Isaak und Jakob mit allen Söhnen leibhaftig zu sehen.‹

Der Rabbi erschrak. Die Ungeheuerlichkeit dieser ihm gestellten Aufgabe drang bis in seine Herzspitzen vor.

Den Wunsch des übernächtigten Kaisers abzulehnen oder nicht erfüllen zu können, würde das giftige Gezischel der vielzüngigen Schlangen gegen die Juden am Ohr des Souveräns beleben. Würde gar alles, was der Rabbi Löw verhindern wollte, besiegeln; die Vertreibung oder das *Pogrom*, das Todesurteil für die in Prag lebenden Juden. Blitzschnell schossen dem Rabbiner die Gedanken durch den Kopf, dann bat er um einige Tage Geduld. Vorbereitungen seien zu treffen, und voll müsse der Mond die Erde bescheinen, wenn man die schon längst Dahingegangenen leibhaftig zu sehen begehre.«

»Das ist ja finsterstes Mittelalter«, stellt Daniel erschrocken fest.

»Nein«, muß ich korrigieren, »das war die Renaissance.«

»Dieser Kaiser war doch wirklich verrückt, ein abergläubischer Spinner«, empört sich Daniel.

Auch das kann ich so nicht stehen lassen: »Ja und eher nein. Rudolf II. war ein typisches Kind seiner Zeit und glaubte wie fast die ganze damalige High Society fest an die Künste der Alchimisten und an Sterndeuterei. So fällte der Kaiser keine wichtige Entscheidung, ohne seinen Hofastrologen zu befragen, was dieser aus dem Chaos der Sternbewegungen für das kaiserliche Horoskop erkundet habe, wie seine Sterne stünden.«

46

Daniel pocht sich gegen die Stirn: »Ganz schön gaga, aber auch praktisch, so war er ja für nichts verantwortlich.«

Ich denke über diesen Einwurf nach: »Richtigen Profit versprachen sich die Adligen aus den magisch blubbernden und Schwefelgestank abgebenden Küchen ihrer Alchimisten. Ob sie es sich leisten konnten oder nicht, sie richteten Laboratorien ein und hofften, daß ihre Alchimisten für sie den ›Stein der Weisen‹, das Geheimnis, Metall in Gold zu verwandeln, entdeckten.

Ehrgeizige Alchimisten suchten nach der magischen Substanz – dem Lebenselixier, das Unsterblichkeit verleihen sollte. Die kühnsten unter den Alchimisten experimentierten damit, einen Homunkulus herzustellen, ein kleines Menschlein, erzeugt auf chemischem Weg.

Doch Rudolf II. erhoffte aus seiner Alchimistenküche vorrangig Gold, viel Gold. War er doch ein besessener Kunst- und Raritätensammler, und das kostete...«

»Und was erhoffte sich der spinnerte Kaiser-König vom Rabbi?«

»Unterhaltung, vielleicht auch ein bißchen Grusel, auf alle Fälle Anerkennung bis hin zum Neid über ›seinen‹ Zauberrabbi.«

Daniel schüttelt sich wie ein nasser Hund.

»Soll ich weiter erzählen?«

»Klar, das wird doch bestimmt ein Schocker.« Daniel senkt leicht den Kopf und hebt die geöffnete rechte Hand zu einer eleganten, ja höfischen Befehlsgeste. »Bitte...«, fordert er und klimpert mit den Wimpern.

1 2 3 Zauberei 2

»In den frühen Abendstunden der errechneten Vollmondnacht bog eine Kutsche mit kaiserlichem Emblem in die Judenstadt ein. Wie freuten sich die Bewohner der verwinkelten, ärmlichen Gassen. Ja, ihr Hoher Rabbi Löw genoß soviel Ansehen beim Kaiser, daß dieser ihn schon wieder und diesmal noch komfortabler zur Burg transportieren ließ.

Hoffnungsfroh jubelten sie der feschen Kutsche hinterher. Hell und fröhlich empfing die Burg heute ihre Gäste. Aus geöffneten Fenstern drang Gelächter, Tafelmusik und Stimmengewirr. Vor der erwarteten unglaublichen Sensation hatte der Kaiser zu einem großen Bankett geladen. Adlige waren der kaiserlichen Einladung ebenso sensationslüstern gefolgt wie Künstler, Sterndeuter oder Goldmacher. Im Burghof eilten geschäftige Diener wie Ameisen hin und her, und im großen Saal wurde aufgetischt. Suppen, Pasteten, gekochte oder gebratene Vögel, frischer Lachs, Hasen und Hirsch und anderes Wildbret, Karpfen, geräucherte Forellen, gegrillte oder gedünstete Schafe, Rinder, Ochsen, Kälber, Ferkel oder Schweine, Kleingebäck und Torten, allerlei Käse, frische Früchte, geschwefelte oder verkochte, alles wurde serviert. In der Mitte des Bankettsaales waren auf langen Tischen appetitanregende Schaugerichte aufgebaut. Bier vom Faß und Wein flossen literweise.

Unseren Hohen Rabbi Löw interessierte das Festmahl nicht, waren die Speisen und Getränke doch *tréjfe*, also nach den jüdischen Speisegesetzen nicht erlaubt. Löw ließ sich gleich in einen ruhigen Saal in den hinteren Teil der Burg führen.

Eine alte Laterne und eine größere Schale hatte der Rabbi mitgebracht. Im Saal angelangt, stellte er die Schale auf einen Tisch an der Ostwand des Raumes und gab Kohle hinein. Kaum hatte die Kohle das Feuer angenommen, strömte auch schon die kaiserliche Gesellschaft in den Saal. Manche erwarteten die ›Zauberkunststückchen des Juden‹ voll Skepsis. Andere wieder lächelten schon schadenfroh angesichts seiner zu erwartenden Blamage.

Die Damen fächelten nervös mit ihren Fächern. Gold, Rubine, Brillanten glitzerten im hellen Fackellicht um die Wette. Löw bat, alle Lichter im Raum zu löschen und forderte die Anwesenden auf, sich jetzt nur auf die Schale vor ihm zu konzentrieren.

Die Diener löschten die Lichter.

Jetzt sah jeder im dunklen Saal die rotglühende Kohle in der Schale aufgeregt zucken.

Rabbi Löw zündete seine alte Laterne an. Dann streute er, von großen, eleganten, theatralischen Bewegungen begleitet, ein feines Pulver in die Schale. Flammen züngelten empor. Aus ihnen erhob sich mächtig heller Rauch, der seinen Weg die Wände empor zur Decke suchte. Unter der Deckenmitte ballte sich die skurrile Rauchwolke, waberte auseinander, um die Umrisse des Hradschins anzunehmen, zog sich zusammen, um in einem leuchtenden Dunst die Silhouette des Tiergeheges im Hirschgraben anzunehmen. Die Gesellschaft begleitete die Erscheinung mit Ausrufen der Verzückung. Das geheimnisvolle Gewölk wogte scheinbar unschlüssig hin und her, um vor dem endgültigen Verpuffen die beliebten Brückentürme Prags erstehen zu lassen.

Der Kaiser blickte erstaunt dem verblassenden Abbild nach, dann nickte der Souverän dem Hohen Rabbi Löw gebieterisch zu.

Löw hatte verstanden: ›Jetzt will ich mein Versprechen einlösen!‹

Die feste Stimme des Hohen Rabbi Löw durchschnitt das aufgeregte Stimmengewirr.

›Doch muß ich alle im Saal um absolute Ruhe bitten, egal was jetzt auch geschehen mag, keiner im Saal darf anfangen zu lachen. Niemand, niemand darf lachen!‹

Nach dieser Anweisung herrschte gespannte Ruhe.

Wieder vollführte der Rabbi Löw große harmonische Bewegungen mit seinen Armen. Wieder streute er feines Pulver in die Schale. Wieder entließ die Glut wogend und wallend eine schimmernde Wolke. Wieder suchte der leuchtende Rauch seinen Weg die Wände empor und ballte sich unter der hohen Decke, in der Mitte des Saales, zusammen. Das Wolkenge-

spinst war von greller, die Augen der Zuschauenden blenden-
der Leuchtkraft. Silberfarbene Blitze zuckten gleißend durch
den Saal. Aus leuchtenden Reflexen entstand eine männliche
Gestalt mit langem Bart, wuchs ins Riesenhafte.

Das war der Erzvater!

Abraham schritt hoheitsvoll durch die Lüfte auf die dicke
Burgmauer zu, in sie hinein und verschwand im Unfaßbaren.
Schon schwebte eine neue Wolke herbei.

Im dunklen Saal formierten sich lichtdurchflutet die Gestalten unserer Urahnen Isaak und Jakob. Ihnen folgten, mit wehenden Bärten, die Urväter der zwölf Stämme Israels, die
zwölf Söhne Jakobs.

Atemlos und starr vor Ehrfurcht verfolgten der Kaiser und
seine erlesenen Gäste die luftige Gesellschaft, die sich alsbald
zitternd im Nichts auflöste.

Plötzlich überflutete sattes Gelb die Saaldecke. Ein vollreifes
Ährenfeld zeichnete sich ab, in dem unvermittelt Jakobs Sohn
Naphtalie auftauchte. Er kasperte mit seinem roten Locken-
kopf durch das lichtgelbe Kornfeld. Seine olivgrünen Augen
funkelten lustig im sommersprossigen Gesicht, verschwanden
kurz und tauchten hinter hohen Ähren wieder auf. Naphtalie
hopste und purzelte, um schließlich einen Hügel herunter zu
kullern und in einer blauen Kornblumenwiese zu landen.
Grimassen schneidend hüpfte er mit seinen kurzen Beinen
durch die königsblaue Blütenpracht. Zu groß war wohl die
Anspannung für den Kaiser gewesen, zu erleichternd jetzt die
Heiterkeit dieses clownesken Schauspiels. Der Kaiser konnte
sich nicht mehr beherrschen und brach in glucksendes Gelächter aus. Seine Gäste fielen gickelnd und gackernd mit ein. Die
Erscheinung zerplatzte. In die hysterische Lachsalve stimmte
das Gemäuer des Saales knirschend mit ein. Da wechselte das
Gelächter in panische Schreie der Angst.

Die dicke Steindecke senkte sich ächzend auf die Gesellschaft und drohte alle im Saal zu erdrücken.

Aus dem überfüllten dunklen Raum vermochte keiner zu
fliehen. Vergeblich suchten einige nach einem Ausgang. Der
Kaiser rief: ›Löw, hilf uns!‹

Darauf streckte der Hohe Rabbi seine langen Arme gebieterisch der Decke entgegen und murmelte beschwörend einige den Anwesenden unverständliche Worte.

Die Decke seufzte noch einmal kräftig auf, dann blieb sie stehen. Die Türen öffneten sich. Diener mit leuchtenden Fakkeln eilten herein. Alle hetzten aus dem Saal.

Die Decke aber blieb für immer so, wie sie der *Maharal* von Prag angehalten hatte.

Niemand betrat fortan mehr den Saal, aus Angst, die Decke könne sich doch noch eines anderen besinnen und Überneugierige unter sich begraben.

Am nächsten Tag beurkundete der Kaiser:

Erstens, daß jeder Bürger, der Klage gegen einen Juden aus dem Getto vorzubringen habe, dieses künftig nur vor einem ordentlich einberufenen Gericht tun dürfe. Zweitens, daß der angeklagte Jude das Recht habe, einen Verteidiger aus seinen Reihen in Anspruch zu nehmen. Drittens, daß künftig wegen der Schuld eines einzelnen Juden nicht alle in der Judenstadt bestraft werden dürfen. Ja, daß keiner seiner Juden in Prag ohne richterlichen Schuldspruch angegriffen werden dürfe.«

Daniel stößt sich mit dem rechten Fuß ab und läßt die Hollywoodschaukel wild hin und her schwingen: »Oh, je, jetzt wurde dem Löw, der ja als Rabbiner für den Religionsunterricht, für den G'ttesdienst, für Eheverträge und Scheidungen oder andere Streitigkeiten seiner *Synagogen*gemeinde als Richter zuständig war, auch noch der Beruf des Rechtsanwalts aufgebrummt.«

»Ja, auch dazu kam es! Doch bei seinem ersten Prozeß vor der kaiserlichen Kammer, einem komplizierten Fall von Diebstahl und Verleumdung, betätigte sich der Hohe Rabbi als Detektiv.«

»Wie?«

»So...«

Ich räkele mich entspannt in meinem Sessel, ziehe meine Decke gerade und beginne:

»Schon im damaligen Prag waren unter steinernen Laubengängen Ladengeschäfte untergebracht. So auch das eines jüdischen Trödlers und das eines christlichen Metzgers. Die Nachbarn trennte nur eine dünne, zugige Bretterwand.

Jeden Abend, wenn der Trödler seine Tageseinnahmen zählte, spähte der Schlachter mißgünstig durch die Ritzen der Wand. Eines Abends gingen dem Spion fast die Augen über. Was für ein großer Haufen Münzen lag da vor dem Trödler? Der Trödler zählte, zählte noch einmal; danach strich er das Geld, mit zufriedenem Gesichtsausdruck, in ein braunes Ledersäckchen und band die Geldkatze sorgfältig mit einem schwarzen Lederriemen zu. So verstaute er seine Ersparnisse in der Tischschublade.

Der Metzger fand keine Ruhe mehr.

Taler tanzten durch seine Gedanken. Der Teufel verspottete ihn. Im Schlaf gaukelte er dem von Neid schon fast Zerfressenen Träume vom Überfluß vor. Da mußte der Metzger den Trödler in Bergen von Goldmünzen baden sehen, die glänzend und glitzernd den vor Glück in seiner Wanne singenden Trödler umhüllten.

Nach dieser Nacht öffnete der Metzger sein Geschäft nicht, sondern nagelte einen Zettel an die Ladentür: ›Wegen Diebstahl bleibt mein Geschäft heute geschlossen.‹ Anschließend eilte er zur Gendarmerie.

Wie jammerte er und klagte: ›Ich bin bestohlen worden. Während ich unschuldig schlief, kam ein Dieb in mein Haus. Alle meine Ersparnisse, mindestens hundert Goldtaler, hat er gestohlen. In einem braunen Sack aus Leder, mit einem schwarzen Band verschlossen, so legte ich es gestern abend in meine Truhe.‹

Scheinheilig bemerkte er ganz nebenbei: ›Nur ein Nachbar aus der Ladenzeile kann da als Täter in Frage kommen.‹

Polizisten wurden ausgeschickt, die Nachbarläden im Laubengang zu durchsuchen.

Klar, beim Trödler fanden sie den so exakt beschriebenen Beutel.

Als daraufhin der Trödler in Ketten gelegt und abgeführt wurde, beteuerte und beschwor der Unglückliche seine Unschuld. Doch der Metzger blieb dabei: ›Schon lange habe ich das Gefühl, von meinem Nachbarn Tag und Nacht ausspioniert zu werden. Durch die dünne Wand mit ihren vielen Ritzen ist das wohl kaum eine Kunst. So konnte der Jud leicht beobachten, wo ich mein Geld verstecke.‹ Der unglückliche Trödler schrie verzweifelnd nach Gerechtigkeit: ›Die Sache verhält sich doch wohl eher umgekehrt! Gestern habe ich Bilanz gemacht. Da hatte ich mein ganzes Geld, das ich bis zum heutigen Tag so sauer verdient und gespart habe, gezählt. Dabei wird mich dieser hinterhältige Lügner belauert haben.‹

Unmut machte sich in Prag breit. Die Juden glaubten an die Unschuld des Trödlers, die Christen an die Unschuld ihres Metzgers, und die ewigen Antisemiten wußten: ›Klar, der Jud ist der Dieb! Stehlen kann jeder, aber so unverschämt lügen, das kann doch nur der Jude...!‹ Bald hörte man immer öfter und lauter die Forderung: ›Jagt dieses Lügenvolk aus unserer Stadt...‹

Die Richter wußten sich keinen Rat mehr. Die beiden Beschuldigten blieben fest bei ihren Aussagen. Da saßen die Richter also mit einem Beutel voll Münzen und zwei angeblichen Besitzern. Doch wer von beiden war der Dieb, wer der Bestohlene?

Einer der Kontrahenten war auch noch ein Jude, und das Murren in den Gassen gegen die Juden nahm Tag für Tag zu, ausgerechnet jetzt, nachdem der Kaiser den Schutzbeschluß für die Prager Juden erlassen hatte.

In seiner Ratlosigkeit gab das Gericht, nicht ohne Schadenfreude, den Fall an den Kaiser weiter. Sollte er doch den Sachverhalt klären und das Urteil sprechen. Nachdem nun Rudolf II. die Akte studiert hatte und ebenso ratlos auf das beschriebene Papier starrte, dachte Seine Majestät: ›Das ist ein guter Fall für meinen Rabbi. Soll doch der Löw hier seine welterfahrene Klugheit unter Beweis stellen und diesen verzwickten Fall lösen und entscheiden.‹ So ließ der Kaiser den Richter, den Geldbeutel, die sich gegenseitig Beschuldigenden und den Hohen Rabbi Löw auf die Burg holen. Im Thronsaal versammelte sich der gesamte Hofrat.

Der Chef der Prager Polizei trug den Fall vor. Der Hohe Rabbi hörte genau zu, überlegte kurz und bat dann um eine Feuerstelle samt einem sauber geschrubbten Kessel voll klarem Wasser.

Gespannt warteten alle im Saal, bis das Wasser im Kessel zu

brodeln begann. Verwundert beobachteten sie, wie der Rabbi den Inhalt des Geldbeutels ins kochende Wasser leerte. Dann ließ er das Feuer löschen.

Forschend betrachtete Löw die Wasseroberfläche, richtete sich auf und entschied: »Der Metzger ist schuldig! Dem Trödler gehört das Geld!«

Der Kaiser schaute ungläubig.

Der Hohe Rabbi fuhr fort: ›Eure Majestät kann es selber sehen, im Wasser zeigt sich kein Fettauge. Wie wäre das möglich, wenn der Fleischer der Besitzer der Münzen ist? Von früh bis spät hantiert dieser mit fettigem Fleisch und Speck.‹

Der Kaiser war sehr zufrieden, gab dem Trödler seinen Geldsack und setzte ihn auf freien Fuß.

Das Ansehen des Hohen Rabbi Löw stieg noch mehr, und bald hieß es, der Rabbi Löw habe ebenso weise geurteilt wie König Salomo.«

»Und seit dieser Geschichte voll Weisheit hörten die Leute auf den Hohen Rabbi und ließen sich von ihm beraten, ohne daß er in die Zaubertrickkiste greifen mußte?« versucht Daniel die Geschichte zu ergänzen.

»Na, das glaubst du?«

»Nein, schließlich hast du mir eine dritte Zaubergeschichte versprochen«, bemerkt Daniel gewitzt: »Und einen Jossel Golem und alles vom Rabbi Löw produziert!«

»Du bist skeptisch?«

Daniel zieht die Schultern hoch: »Ich weiß nicht, ich weiß nicht...«

»Denk' mal an einen Diamanten, an seine Schönheit, an seine Härte und an sein Funkeln im Licht. So kennen wir ihn, den wertvollsten aller Edelsteine. Doch erst die Kunstfertigkeit des Diamantenschleifers läßt den unscheinbaren Rohdiamanten für alle sichtbar feurig glitzern.

Der Hohe Rabbi Löw glaubte fest an die Macht der Wunder, doch nicht einfach so... Er wußte, daß manche g'ttliche Wunder tatkräftige menschliche Mithilfe erfordern! Und vor der guten Tat steht die gute Absicht. Vor der Tat sollte man über die Wirkungen und Folgen seiner Tat nachdenken.«

»Also Omi, berichte von den Folgen.«

Auf dem Balkon ist es kühl geworden, ich reibe meine Hände: »Mir wird langsam kalt, und die Folge ist meistens eine Schnupfennase.«

»Und mir ist's gerade so gemütlich«, bittet Daniel.

»Also gut, noch eine Zaubergeschichte.«

1 2 3 Zauberei 3

Ich beginne: »Der Hohe Rabbi Löw mußte erfahren: ›Wo viel Ehre ist, da sind auch viele Neider.‹

Schon schwatzten einige Hofherren dem Kaiser ins Ohr: ›Wann kommt eigentlich die Einladung, im Haus Löw zu dinieren? Wie oft war er schon bei uns auf der kaiserlichen Burg! Zwar ißt er hier nichts und trinkt auch nichts, doch nicht, weil ihm nichts angeboten würde, nein, dem Rabbi ist es aus religiösen Gründen nicht erlaubt. Doch ist das nicht schon fast beleidigend? So oder so, gegenseitige Einladungen gehören zur Höflichkeitsetikette und sind ein Zeichen der Ergebenheit.‹

Als der Hohe Rabbi Löw von den hinterhältigen Einflüsterungen erfuhr, wußte er, daß es höchste Zeit war, den Kaiser samt Gefolge in sein Haus zu bitten.

Rudolf II. sagte zu.

Die Annahme der Einladung bedeutete eine außerordentliche Auszeichnung für den Gastgeber. Doch was war das für eine Ehrenbezeugung, den Kaiser in ein enges, von Armut und vom Zahn der Zeit verfallenes Anwesen zu locken? Wie sollte das marode Häuschen den Kaiser samt seinen zahlreichen Repräsentanten fassen? Nein, das war nicht nur eine Zumutung, das war eine Unverschämtheit!

Welch ein Gedränge herrschte in den engen Gassen der Judenstadt, als der Kaiser mit seinem Hofstaat vor das Häuschen des Hohen Rabbi Löw fuhr.

Nicht nur die Geladenen verstopften die Straßen, auch viele Schaulustige hatten sich versammelt. Unter ihnen fielen einige finstere Gestalten besonders auf. Diener des Kaisers hatten in den Prager Schenken von der rabbinischen Einladung berichtet. Schadenfroh wurde da gelacht. Wußten doch alle von dem häufig auftretenden cholerischen Zorn des Kaisers. Nur zu eng müßte es der Hoheit werden oder die Speisen dem Monarchen nicht munden oder er gar hungrig bleiben, schon würde er einen seiner von allen Untergebenen gefürchteten Tobsuchtsanfälle bekommen. Wenn der Kaiser sich also heute über den Juden erboste, würde man morgen Gelegenheit bekommen, in der Judenstadt zu plündern.

Der Hohe Rabbi erwartete Rudolf II. vor der Haustür und führte ihn in sein enges Häuschen. Ihnen folgten die zahlreich erschienenen Höflinge.

Während die Gaffer sich wunderten, wie viele Menschen das kleine Haus aufnahm, empfing die Eintretenden ein geräumiger Flur mit kunstvoll gemusterten Bodenfliesen und einer stuckverzierten hohen Gewölbedecke. Von einem großräumigen Saal zum nächsten leitete Löw seine Gäste. Die von ihm Herumgeführten staunten über Marmorsäulen, geschmackvolle Möbel, vorzugsweise aus kostbarem Zedern-, Rosen- oder Eichenholz; an den holzgetäfelten Wänden riesige Kristallspiegel, Gemälde oder Motivvorhänge. Auf Kredenzschränken standen blankgescheuerte goldene, silberne oder in Kupfer getriebene Pokale, Kannen und Schalen. Dicke Orientteppiche dämpften die Schritte.

Vor einer verschlossenen, kunstvoll geschnitzten Flügeltür lud der Rabbiner zu kleinen Erfrischungen ein.

Wie von Zauberhand öffnete sich die Tür und gab den Blick in den Speisesaal von gediegener Pracht frei. Verschwenderisch das Kerzenlicht aus dem Kronleuchter, aus Stehlampen und Tischleuchten. Behaglich das Knistern von wohlduftendem Holz im sechs Meter hohen Kachelofen. Gemütlich das Plätschern des Springbrunnens. Blumen von auserlesener Schönheit steckten in venezianischen Prunkvasen. Blüten waren kunstvoll über die lange, mit schneeweißen Spitzentischdecken belegte Tafel geworfen. Diener in goldbestickter Livree rückten Stühle und kredenzten die erlesensten Leckerbissen.

Welche Entzückensrufe löste das von sechs Dienern in der Mitte des Saales aufgetischte Schaugericht aus, als aus der Riesenpastete, nachdem sie aufgeschnitten war, lebende Vögel aufflogen.

Welch ein Reichtum! Ja, das war wahrhaftig ein Empfang!

Zum Gefolge gehörte auch ein Graf, dem der vorgeführte Luxus keine Ruhe ließ. Immer wieder bedrängte er seinen Gastgeber, ihm und nur ihm, zu verraten, durch welchen Zauber er all das ermöglicht hatte. Doch Löw beachtete das Drängen des Neugierigen nicht weiter und schenkte seine ganze Aufmerksamkeit dem Kaiser.

Der Ehrengast schmunzelte zufrieden und wunderte sich, wie ›sein‹ Löw all das hatte herbeizaubern können. Die Gäste aßen und tranken mit größtem Genuß. Die Köstlichkeiten und die sie umgebende Herrlichkeit lösten ihre Stimmen.

Erst in den frühen Morgenstunden erhob sich der Kaiser und beendete so das Fest.

Während sich alle verabschiedeten, ließ der von seiner Neugier getriebene Graf einen goldenen, mit edlen Steinen besetzten Trinkbecher in seiner tiefen Manteltasche verschwinden. Er freute sich diebisch, glaubte er doch fest daran, mit Hilfe des Pokals erforschen zu können, durch welches Wissen der Rabbi Zaubermacht besaß.

Täglich betrachtete und untersuchte der Graf den Pokal. Doch alles Grübeln half nicht...

Erst Wochen später hörte der Adlige diese schier unglaubliche Geschichte: Irgendwo in Mähren habe sich ein ganzes Schloß plötzlich in die Lüfte gehoben und sei davongeschwebt. Nach mehreren Stunden sei es vollkommen unversehrt auf seinen alten Platz zurückgekehrt. Nichts von allen Kostbarkeiten im Palast habe gefehlt, nur ein goldener Trinkbecher sei seit jenen Stunden unauffindbar. Da begriff der Graf und eilte ins Haus des Hohen Rabbi.

Laut vor Erregung brüllte er den Rabbi an: ›Ihr könnt nicht leugnen! Ihr beherrscht die Geheimnisse der Zauberei. Ich habe den Beweis, den verlorengegangenen Becher.‹

Der Hohe Rabbi Löw sah die Augen des Adligen habgierig blinken, während ihn dieser anschrie: ›Verratet mir Euer Wissen, gebt mir Einblick in die jüdische Geheimlehre!‹

›Herr, vergeßt Eure Begierde, ich bitte Euch inständig...‹

›Rabbi‹, warnte der Edelmann: ›Ich habe Einfluß, nehmt Euch in acht! Meine Macht kann ich zu Eurem Wohl und Nutzen einsetzen, aber auch gegen Euch verwenden.‹

Der Hohe Rabbi seufzte, bevor er antwortete:

›Ich wollte mit Euch nicht über die Geheimlehre sprechen, aber Ihr zwingt mich dazu. Bevor ich nun beginne, muß ich Euch fragen:

Habt Ihr Unrecht begangen?

Habt Ihr einem Menschen geschadet?

Habt Ihr einem Menschen Schmerz zugefügt?

Überlegt gut, denn nur wer ohne Schuld ist, nur ein gerechter Mensch, darf sich mit der Geheimlehre vertraut machen. Nur ihm wird sie von Nutzen sein. Dem anderen aber wird sie schaden. So lautet das Gesetz!‹

Der Graf verkündete hochfahrend: ›Ich bin ohne Schuld!‹ ›Dann schaut Euch um‹, forderte der Hohe Rabbi Löw seinen ungebetenen Gast auf.

Der Graf drehte sich um. Da standen an der dunklen Wand zwei leichenblasse Gestalten. Eine abgemagerte junge Frau, an ihrer Hand ein kleines Kind.

Der Graf begann zu zittern und schlug die Hände vor das Gesicht: ›Meine unglückliche Schwester und ihr Kind.‹

Der Rabbi nickte: ›Ja, beide sind durch Eure Schuld gestorben, weil Ihr das Vermögen der jungen Witwe an Euch reißen wolltet.‹

Da floh der Graf, wie von Furien gehetzt, aus dem Haus. In der Judenstadt oder auch nur in der Nähe des Rabbi Löw ließ er sich nie mehr sehen.«

Des Kaisers Traum

»Und für die Juden in Prag folgte eine ruhige Zeit«, glaubt Daniel zu wissen, »der Kaiser war zufrieden.«

»So lief das nicht!« muß ich korrigieren. »Die Gunst der Herrschenden ist meist wechselhaft wie das Wetter im April. Die Gunst Kaiser Rudolf II. war schwankender als ein Halm im Wind, war er doch ein schwacher, launischer, ja ängstlicher Mensch. In ihm stritten Unsicherheit mit Selbstherrlichkeit, und so vertrug er keinen Konflikt, keine Kritik.«

»Wovor hatte der Kaiser und König denn solche Angst?« will Daniel wissen.

»Vor seinem Bruder.«

»Wieso?«

»Rudolf II. war ein Anhänger der römisch-katholischen Kirche...«

»...und sein Bruder evangelisch«, kombiniert Daniel.

»J-ein. Matthias schlug sich auf die Seite der Reformation. Das ›Heilige Römische Reich Deutscher Nation‹ war ein Flickenteppich aus vielen Kleinstaaten. Die Christen waren sehr fromm und gingen zur Kirche und fürchteten das g'ttliche Strafgericht. Geschürt durch Verweltlichung und öffentlich zur Schau gestellte Prunksucht der Geistlichkeit wurde der Ruf nach Reformen immer lauter. Der Groll wuchs insbesondere über den Verkauf von Ablaßbriefen.«

Daniel sieht mich fragend an.

»Das war eine päpstliche Vollmacht, die dem Käufer der Urkunde, also dem Zahlungskräftigen, einen kürzeren Aufenthalt im Fegefeuer zusicherte. Im Fegefeuer büßen die Toten ihre Sünden, bevor sie in den Himmel kommen. Doch immer mehr Menschen zweifelten, daß die Mehrheit der Geistlichkeit wirklich um ihr Seelenheil besorgt war; sie glaubten vielmehr, es ginge ihr nur um die Einnahmen.«

»Da fällt mir Martin Luther ein«, unterbrach mich Daniel.

»Richtig, der Mönch nagelte 1517 seine 95 Thesen an die Tür der Schloßkirche in Wittenberg. Aus derartigen Protesten entwickelte sich die protestantische Bewegung und teilte Europa in zwei Lager, Katholiken und Protestanten.

Rudolf II. ließ in seinen Ländern Kirchen der Protestanten niederreißen und ihre Prediger vertreiben. Doch dem Kaiser und König wurden die Auseinandersetzungen bald lästig. Hinzu kam, daß ihn sein Bruder Matthias für verrückt erklärte. Um all dem Streß zu entgehen, verlegte er seinen Regierungssitz von Wien auf den Hradschin und brachte so kaiserlichen Glanz nach Prag.

Doch auch auf seiner Prager Residenz holte ihn der Regierungsalltag ein und stürzte Rudolf II. immer wieder in tiefe Depressionen. Er glaubte, nur Abwechslung könne ihm helfen, zum Beispiel der Erwerb immer neuer Sammlerstücke. Bis heute ist die Geschichte von dem in der Welt einmaligen Wurzelpaar Marion und Thrudacias bekannt. In ihren blutrotseidenen Hemdchen soll das Alraunepärchen einstmals in Särgen gelegen haben. Es heißt, daß sie bei Neumond gebadet werden müßten, sonst würden sie schreien wie unversorgte Säuglinge. Ja, das wären wahre Prachtstücke für seine kaiserliche Raritätensammlung gewesen; doch wie sollte der leere Staatssäckel diese teure Rarität bezahlen?«

Daniel seufzt: »Da mußten die Juden ran!«

»Ja, nur durch eine kräftige Geldspende des wohlhabendsten Prager Juden, Mordechai Meisl, konnte die unvorstellbar hohe Summe für den Kauf aufgebracht werden. Doch kaum war dem Kaiser der so lange gehegte Herzenswunsch erfüllt worden, erlosch sein Interesse.

Danach tauchte Rudolf II. vielleicht in den unendlichen Problemen der Alchemie unter oder verlor sich in den Weiten der Sternguckerei. Von seinen Besessenheiten gefangen, nervten den Herrscher mehr und mehr die alltäglichen Staatsgeschäfte. Die ›Streitereien‹, die aufdringlichen Beschwerden christlicher Bürger wegen ›Angelegenheiten seiner Juden‹, ödeten den Kaiser ›einfach‹ an, und so unterschrieb er völlig unerwartet eine Verordnung, welche besagte: ›Alle Juden haben noch vor Anbruch des neuen Jahres meine könig-kaiserlichen Lande zu verlassen.‹

Die Prager Juden sahen sich schon voll Angst und Entsetzen

schutzlos, hungrig und ziellos auf unsicheren Straßen unterwegs, elend, ohne Dach über dem Kopf, erbarmungslos jeder Quälerei ausgeliefert.

Eine Abordnung der Gemeinde klopfte hilfesuchend beim Hohen Rabbi Löw an. Löw erwartete die Delegation schon. Kaum hatte sie Platz genommen, beruhigte sie der Hohe Rabbi: ›Ich bitte Euch, habt Vertrauen! Geht ruhig zu Bett. In der Stunde des Morgengebetes wird die Bestimmung, uns aus dem Land zu vertreiben, vom Kaiser selbst aufgehoben werden.‹

In dieser Nacht hatte der Herrscher einen Traum. Er, der Kaiser, saß schweißtriefend in seiner Kutsche. Die Sonne brannte drückend heiß auf das Dach. Kein Schatten, kein frischer Windzug belebte die fremde, ausgedörrte Gegend, durch die er kutschiert wurde. Wagen und Pferde seiner Begleiter wirbelten den feinen Staub der ausgetrockneten Straße auf, der gnadenlos seinen Weg durch jede Ritze fand. Als der Herrscher sein Kutschenfensterchen aufriß, um frische Luft zu schnappen, schlug ihm nur unerträglich schwüler Fahrtwind entgegen.

Plötzlich bog der Wagen in eine scharfe Kurve. Hinter ihr zeigte sich das Ufer der Moldau. Die leicht bewegten Wellen des Flusses luden zu einem wahrhaft kaiserlichen Bad ein. Rudolf II. sah eine kleine Ausbuchtung am Ufer und befahl: ›Anhalten!‹

Hinter einem Busch entledigte er sich seiner Kleidung, sprang frohgemut im Adamskostüm in das kühle Wasser. Mit größtem Vergnügen tauchte er in die Wellen ein, tauchte wieder auf. Wie ein Delphin schwamm der Herrscher in hohen Bögen weiter und immer weiter. Als der Kaiser sich umdrehte, sah er, wie weit er sich schon vom Ufer entfernt hatte. Er lachte und winkte; doch keiner seiner Begleiter schien auf ihn zu achten. Welch ein Schreck durchfuhr ihn, als er sehen mußte, wie am Ufer alle zur Abfahrt rüsteten.

Er wollte schreien: ›Halt! Wartet auf Euren Kaiser!‹ Aber kein Laut kam über seine Lippen. Hilflos mußte er mit ansehen, wie seine Eskorte, in eine Wolke aus Staub gehüllt, verschwand.

Am Ufer konnte er keines seiner Kleidungsstücke wiederfinden. Beschämt und traurig versteckte sich der nackte Kaiser hinter einem Busch und wartete auf die Nacht. Im Schutz der Dunkelheit wollte er auf seine Burg zurückkehren. Als es endlich dunkel geworden war, machte sich Rudolf II. auf den Weg durch den Wald. Der Herrscher war das Laufen nicht gewohnt und hatte nicht einmal Schuhe an. Wie schmerzten seine Füße, wie quälten ihn Hunger und Durst, und bis nach Prag, bis zu seiner Burg auf dem Hradschin, war es noch sehr weit.

In den frühen Morgenstunden hörte der Kaiser Axtschläge. Fröhlich klang in seinen Ohren das: ›Hau ruck – hau ruck...‹ der Holzfäller. Er lief auf sie zu.

›Ich bin euer Kaiser. Ihr werdet gleich sehen, in welch' mißlicher Situation ich mich befinde. Also gebt mir Kleidung und Essen!‹ befahl der Herrscher wie gewohnt und kam aus dem Dickicht hervor. Wie lachten und verspotteten die Arbeiter den Nackten. Mit einem Hagel von Blättern und Stöckchen jagten sie ihn davon.

Der Kaiser rannte verstört durch seinen Forst, bis er die Landstraße nach Prag erreichte. Zitternd vor Scham und Schwäche versteckte sich der Unglückliche hinter einem von hohem Unkraut überwucherten Steinhaufen.

Da kam ein alter Bettler, einen halbleeren Jutesack auf dem Rücken, des Weges. Der Herrscher, schon bescheiden geworden, bat aus seinem Versteck heraus um ein Kleidungsstück; von seiner Kaiserwürde erwähnte er diesmal nichts!

Demütig gebeugt trat er aus seinem Versteck.

Der Bettler empfand Mitleid mit ihm: ›Nein, so einen ins Elend Geworfenen wie dich habe ich auf meinen Wanderungen noch nicht getroffen. Doch heute hast du einen Glückstag. Ich bin zwar nur ein geächteter Bettler und Lumpensammler, aber ich habe Kleider am Leib, altes Brot und einige Kleiderlumpen im Sack. Ich dachte immer, ich sei der Armseligste, aber Ihr...‹

Mit diesen Worten öffnete der Bettler kopfschüttelnd sein Bündel und reichte dem Kaiser eine löchrige Hose und ein durchgescheuertes Hemd. Danach teilte er sein Brot mit dem Fremden.

Jetzt hatte der Kaiser also wieder Kleider am Leib und Brot im Magen. Schon wanderte er frohgemut seiner Burg zu.

Mit dem anbrechenden Tag belebte sich die Landstraße. Händler, Bauern, Pilger, Soldaten, Handwerksburschen, Adlige – alle waren unterwegs. Zu Pferde, zu Fuß oder in Kutschen strebten sie in die Stadt oder aus der Stadt heraus. Der Kaiser glaubte manches bekannte Gesicht zu erkennen, da kam ihm die Kutsche eines ihm sehr ergebenen Grafen entgegen. Rudolf II. zwang das Gefährt anzuhalten. Sein Herz klopfte wild, als er rief: ›Seht mir, seht Eurem Kaiser ins Gesicht, nehmt mich mit in Eurer Kutsche, und ich erzähle Euch, was mir Wunderliches widerfahren ist.‹

Angeekelt blickte der Graf auf den Zerlumpten: ›Ein Verrückter, aus dem Weg, sonst laß' ich dich von meinen Pferden zerstampfen. Wenn es Euer Gnaden interessiert, ich komme gerade von der Burg und habe mit dem Kaiser gesprochen, Eure Majestät befinden sich, gerade heute, besonders wohl.‹

Nun begriff Rudolf II., was passiert war. Ein betrügerischer Doppelgänger mußte seine kaiserliche Garderobe gestohlen haben. Als falscher Kaiser war dieser dann nach Prag gefahren, saß nun als Betrüger auf seinem Thron und hielt Audienz.

Wer sollte ihm, barfuß, in Lumpen, vom Staub der Straße gepudert, glauben, daß er König und Kaiser sei?

Verzweifelt irrte er durch die Gassen Prags, beobachtete das Treiben der Reichen und der Armen und dachte: ›Keiner ist so elend dran wie ich, denn alle hier dürfen ihren eigenen Namen nennen.‹

Seine gemarterten, wunden Füße führten ihn in die engen Gassen der Judenstadt, vorbei am Judenbad, über den Trödelmarkt in die Breite Gasse vor das Haus des Hohen Rabbi Löw.

Der Kaiser traute sich nicht zu klopfen. Da ging die Haustür auf, und Löw stand vor Rudolf II.

Der Hohe Rabbi verneigte sich, wie es dem Kaiser gebührt: ›Darf ich Eure Majestät in mein bescheidenes Haus bitten? Ich weiß von Eurem Unglück, ich weiß von allem Ungemach, das Euch zugestoßen ist und kann die Verwirrung und die Verzweiflung, welche Ihr durchleidet, nachempfinden. Meine liebe Frau hat ein angenehm warmes Bad für Euch vorbereitet und saubere Kleidung bereitgelegt. Eintopf steht auf dem Herd, denn Ihr müßt großen Hunger haben.‹

Als der gebadete Kaiser am blank gescheuerten Tisch des Rabbiners aß, fragte Löw: ›Darf ich, während Eure Majestät speist, vom großen König Salomo erzählen?‹

Der Kaiser flüsterte bescheiden: ›Bitte.‹

›König Salomo ereilte einst folgendes Schicksal‹, begann der Hohe Rabbi Löw.

›Er saß auf seinem mit Gold überzogenen Thron aus Elfenbein und nippte süßen Wein aus einem goldenen Becher, als ihn ein Wirbelwind erfaßte und aus seinem Schloß, über tausend Meilen weit, in die Wüste schleuderte.

Der Wirbelsturm, der Salomo vom Thron gestürzt hatte, war von keinem anderen als von Asmodäus, dem Fürst der Geister, ausgeschickt worden. Dem vor Schreck bewegungslosen Salomo zog der Böse noch den Siegelring vom Finger, dann nahm er die Gestalt Salomos an, setzte sich auf den Thron und ließ es sich gut gehen.

Das Volk, der Adel und die Priester glaubten, ihren durch seine Weisheit berühmten Richter und Friedensfürsten, den mit heiligem Öl Gesalbten, ihren rechtmäßigen König, den Erbauer des Tempels in Jerusalem, zu sehen.

Doch Salomo hatte nicht ohne Fehl und Tadel regiert. Drei Jahre sollte deshalb sein Unstern währen, denn gegen drei Gebote der *Tora* hatte Salomo verstoßen.

Nicht nur seinen Ruhm verlor der ins Unglück Geworfene durch den Verlust seines Siegelringes mit dem eingeritzten Namen des Ewigen, er sollte auch seine Weisheit verlieren. So irrte er verwirrt durch die Lande und versicherte immer wieder: Ich bin Salomo, der Sohn Davids! Einst war ich König in Israel! Doch die Gutmütigen lachten ihn aus: Du armer Narr! Der weise König sitzt auf seinem Elfenbeinthron in Jerusalem. Und von anderen bezog er Prügel.

Den einzigen Trost in diesen dunklen Tagen erfuhr Salomo durch seine Frau, die Königstochter Naama, die verliebt und unbeirrt ihrem Mann zur Seite stand und mit ihm armselig in der Einöde hauste.

So vergingen drei Jahre. Da brachte Salomo seiner treuen Frau einen Fisch ins Haus. Um den Leckerbissen köstlich zu würzen, schnitt Naama dem Fisch den Bauch auf. Da funkelte es, und ein dicker Goldring, verziert mit hebräischen Buchstaben, kullerte auf den Tisch. Verwundert brachte Naama ihrem Mann den Fund. Kaum hatte Salomo seinen Siegelring mit dem eingeritzten Namen des Ewigen wiedergefunden, steckte er ihn an seinen Finger; seine alten Kräfte und seine Weisheit kehrten zurück, und der weiseste aller Menschen saß bald wieder auf seinem Thron.‹

Der Kaiser spürte, wie jeder Löffel warmer Rinderbrühe und die Erzählung des *Maharal* seine Lebenskräfte weckte. ›Eure hohe Weisheit ist mir bekannt. Heute bitte ich Euch, mir zu raten und zu helfen, damit mein Unglück nicht drei Jahre oder gar ewig dauert.‹

Der Rabbi lächelte in seinen langen Bart: ›Erstens bedenkt: Nur wer sieht, wo er Unrecht getan hat oder vorhatte, welches zu begehen, kann sein Unrechtsschicksal wenden. Da wir heute wieder eine Bruthitze über Prag erwarten, wird auch Euer Doppelgänger unangenehm ins Schwitzen kommen. Gedanken an die lauschige Bucht, wo er sein jetziges Glück ergriff und die kaiserlichen Kleider raubte, lassen ihn nicht los. Die kühlen Wellen der Moldau ziehen ihn magisch an, und er wird sie aufsuchen, um sich zu erfrischen. Erwartet ihn also in der Mittagszeit, wenn die Sonne am höchsten steht. Ist der falsche Kaiser im kühlenden Naß, tut ihm dasselbe, was er Euch getan!‹

Dankbar für so viel Weitblick und klugen Rat befragte Rudolf II. den Rabbi, was er für ihn tun könne, wenn er erst wieder Herr auf seiner Burg sei.

›Nicht für mich, für mein Volk muß ich bitten. Ihr habt das Los, elend, rechtlos und ohne Ziel auf der Straße wandern zu müssen, am eigenen Leib gespürt, zeigt deshalb Mitleid! Bedenkt den von Euch unterschriebenen Beschluß, vertreibt die Juden nicht aus Euren Landen.‹

Der Kaiser ließ sich Papier, Tinte und Feder bringen, schob den Teller zur Seite und verfaßte eine Urkunde. In ihr widerrief er den Beschluß, die Juden aus seinen Landen zu jagen.

Nachdem er sein Schriftstück noch einmal durchgelesen hatte, setzte er seine Unterschrift unter das Dokument, verabschiedete sich vom Rebbe und ging seiner Wege.

Wie der Hohe Rabbi Löw vorausgesagt hatte, kam in der schlimmsten Mittagshitze die kaiserliche Kutsche samt Hofstaat zum Flußufer. An der Bucht hielten sie an. Der falsche Kaiser suchte den Busch, zog sich aus und sprang ins Wasser.

Da kam Rudolf II. aus seinem Versteck, schlüpfte in seine kaiserliche Robe und stieg in die Kutsche. Im Galopp ging es hoch zur Burg.

Eine nie gekannte Freude durchströmte den Kaiser. Er öffnete die Augen und fand sich in seidenen Laken in seinem Bett wieder. Durch das halb geöffnete Fenster zog frische Morgenluft. Die ersten Vögel begrüßten den neuen Tag. Rudolf II. streckte seine Glieder. Wohlig schlüpfte er in seine fein bestickten Hausschuhe, ging zum Fenster und öffnete es weit. Zufrieden schaute er auf seine schöne Stadt Prag im Morgenrot.

›Das ist die Wirklichkeit!‹ beruhigte sich der Kaiser: ›Wie gut, daß ich aus dieser Alptraumwelt zurückgekehrt bin.‹

Als er nach der Klingel für die Dienerschaft greifen wollte, sah er auf dem Boden ein Häufchen Bettlerfetzen liegen und auf dem Tisch ein von ihm beschriebenes Pergament. Erschrocken erkannte er das im Hause Löw verfaßte Schriftstück.

Der Kaiser setzte sich und dachte lange nach. Dann erhitzte er das rote Wachs und drückte das kaiserliche Siegel auf das Dokument; jetzt war die Urkunde Gesetz.

Die Juden mußten Prag nicht verlassen, so wie es der Hohe Rabbi Löw versprochen hatte.«

Daniel glaubt zu wissen: »Aber jetzt, endlich kam eine ruhige Zeit für die Prager Juden.«

»Leider nein«, muß ich wieder einwenden. »Doch war Jehuda Löw, der doppelt starke Löwe, nicht auf die Welt gekommen, um noch zu helfen, wo anderen jede Hilfe unmöglich erschien? – Das nächste Mal brauchte der Hohe Rabbi seine Löwenstärke, um den Tod zu bekämpfen, der diesmal aus den eigenen Reihen in der Judenstadt zuschlug.«

»Was?« Daniel reagiert erschrocken. »Aus den eigen Reihen? Ein Amokläufer, ein Killer aus der Judenstadt in der Judenstadt?«

»Ja und nein, die Kinderpest schlug unter der Prager Judenschaft zu.«

Daniel bewegt spöttisch den Zeigefinger hin und her. »So, so! Achtung, Achtung! Jetzt folgt eine kinderfeindliche Geschichte!«

»Nein, bestimmt nicht«, beruhige ich ihn, »es geht um die Pest.«

»Das war ja wohl die ätzendste Krankheit«, ekelt sich Daniel.

»...und keiner konnte erklären, wie sie entsteht. Heute wissen wir, daß die Seuche meistens durch Bisse von Rattenflöhen auf Menschen übertragen wurde. Wir kennen das Erregervirus und haben einen wirksamen Impfstoff entwickelt. Aber damals standen die Menschen der tödlichen Epidemie ohnmächtig gegenüber. Ganze Orte wurden durch die Pest entvölkert. In meiner Geburtsstadt Magdeburg starb bei einer Pestwelle die Hälfte der Einwohner...«

»Nannte man die Pest nicht auch den schwarzen Tod, weil die Ursache im Dunkel lag?« fragt Daniel.

»Das weiß ich nicht«, muß ich zugeben, »nur daß die Menschen sich das Hirn über den Ursprung der Seuche zermarterten. Manche gaben vorbeiziehenden Kometen die Schuld, andere verbrannten stark riechende Kräuter, da sie an eine Luftfäulnis glaubten.

Schnell kam auch die Sündenbocktheorie wieder auf: ›Die Juden haben unsere Brunnen vergiftet.‹ Nach solchen Behauptungen wurden tausende der Unseren ermordet.«

Daniel denkt nach: »Aber die Juden starben doch auch an der Pest.«

»Ja, nur verbreitete sich die Seuche in den Judenqartieren meistens später als...«

»Wie denn das?« fragt Daniel.

»Wegen unsrer Reinheitsgebote. Die jüdischen Religionsgesetze bestimmen zum Beispiel, daß wir uns vor jedem Essen die Hände waschen oder schreiben uns das Baden in der *Mikwe*, dem rituellen Reinigungsbad, vor. Für die übrige Bevölkerung waren das zu jener Zeit sehr ungewöhnliche Bräuche, und mangelnde Sauberkeit begünstigte die Ausbreitung der Seuche.

Doch bevor ich mehr von der Pest in den Tagen des Hohen Rabbi Löw berichte, sollten wir in die Wohnung gehen.«

Kinderpest

Daniel fühlt sich offensichtlich wohl auf der Hollywoodschaukel und drängelt:»Wirklich nur noch eine Geschichte hier in der schönen Aprilsonne.«

»Und wenn du morgen erkältet bist? Das gibt Streß!«

Daniel blinzelt mich an:»Mit deiner Tochter? Gut, ich schwöre, ich werde mich nicht erkälten, und meine Mutter wird sich nicht aufregen müssen, so wahr ich nicht die Pest bekomme, wenn ich die nächste Geschichte vom Rabbi Löw höre!«

»Na gut«, stimme ich schließlich zu.

»Diesmal wütete die Pest nur in der Judenstadt, und grausam tötete sie die Kinder, während die Erwachsenen verschont blieben. Bald gab es keine jüdische Familie in Prag, die nicht Trauer trug. Keine Familie, die nicht wenigstens ein Kindergrab mit Erde zuschütten mußte.

›Was haben wir verbrochen, daß wir so grausam bestraft werden?‹ fragten sich die Menschen verzweifelt.

Keine Buße, kein Fasten und keine Gebete konnten den Todesengel beschwichtigen. Auch die Tränen der Verzweiflung verjagten das Unheil nicht. Der Friedhof füllte sich mit den Gräbern der Kinder.

›Bald wird die jüdische Gemeinschaft in Prag nur noch aus Alten bestehen, um dann für immer zu erlöschen.‹ Solch' dunkle Gedanken raubten dem Hohen Rabbi den Schlaf. Die Frage nach der schrecklichen Sünde, welche die jungen unschuldigen Pflänzchen vor ihrer Zeit entwurzelte, peinigte ihn.

›Bald wird kein jüdisches Kind aus Prag die Erinnerung an seine Eltern weitertragen können, kein Sohn wird *Kaddisch*, das Totengebet für das Seelenheil der verstorbenen Eltern, sagen können. Welch' schreckliche Zeit, da die Väter *Kaddisch* über ihren gestorbenen Kindern beten müssen. Wo liegt unser Versagen? Warum können wir unsere Kinder nicht beschützen?‹

In derart dunkle Gedanken versunken betete der Hohe Rabbi oder saß über Büchern gebeugt, Rat suchend. Eines

Nachts überfiel ihn der Tiefschlaf mit einem eigenartigen Traum.

In diesem Traum erschien der Prophet Elias und signalisierte dem Rabbiner, ihm zu folgen. Löw erhob sich, und die beiden gingen stumm durch die Gassen. Als die Uhr am jüdischen Rathaus zwölfmal schlug, betrat Löw den Friedhof.

Dürres Laub raschelte unter seinen Füßen. Ein Käuzchen rief.

Danach herrschte Totenstille.

Mit Entsetzen sah der Rabbiner, wie die schwarze, lockere Erde der frisch zugeschaufelten Gräber aufbrach.

Er sah, wie die Sargdeckel sich öffneten. Sah die gestorbenen Kinder aus ihren Gräbern kriechen. Sah immer mehr Kinder in ihren weißen Totenhemdchen toben, hüpfen und tanzen, wildvergnügt. Die kleinsten tollten auf allen Vieren über den Friedhof, den großen hinterher.

Gruselig auch die Stille der lebhaften Szene.

Mit Entsetzen beobachtete der Rabbi das stumme Getümmel, dann drehte er sich um. Der Prophet Elias war vor dem Friedhofstor stehengeblieben.

Löw wollte den Propheten fragen, was das Gesehene zu bedeuten habe, doch die Stimme versagte ihm.

Schließlich ging er einen Schritt auf den Propheten zu; da verschwamm die Gestalt, um als weißes Gewölk in das All zu entschweben.

Die Uhr schlug eins!

Löw erwachte in seiner Studierstube, den Kopf auf den Büchern. Nachdenklich verharrte der Rabbi. Erst das ausgelassene Lärmen seiner Schüler, die vom frühen Morgeng'ttesdienst zur *Jeschiwa* eilten, löste ihn aus seiner Erstarrung. Er rief nach Igor.

Igor wunderte sich, war er doch keiner der guten Schüler, eher unauffällig und langsam, wenn es um's Lernen ging. ›Dich habe ich ausgeschaut, unsere Gemeinde zu retten‹, sprach der *Maharal*. ›Schreckliche Strafe hat uns getroffen, und wir wissen nicht warum. Nur ein unschuldiges Kind, von der Pest zu Tode gequält, kann uns den Grund offenbaren. Ich war heute nacht bei den Kindern auf dem Friedhof. Du bist ein herzensguter, standhafter *bócher*, mutig und zuverlässig. So habe ich dich ausgesucht, das Leben unserer Gemeinde zu erhalten! Heute nacht, wenn die Uhr zwölf schlägt, sollst du den Friedhof aufsuchen. Du wirst sehen, wie die Erde sich auftut und die Kinder, welche wir diese Woche beerdigen mußten, ihre Gräber verlassen, um auf dem Friedhof zu spielen. Fürchte dich nicht, denn der Prophet Elias wird bei dir sein, auch wenn du ihn nicht siehst!

Für deinen schweren Weg erhältst du von mir eine silbern schimmernde Schale, randvoll gefüllt mit Mus aus Äpfeln und Nüssen, unserer *Pessach-Charosset*, der Lieblingsspeise aller jüdischen Kinder. Es heißt, die Verstorbenen vergessen den Geschmack der heiligen Speisen nicht so schnell, und Kinder sind naschhaft wie kleine Katzen. Also wartest du ab, bis eines kommt, um von der süßen Speise zu naschen. Dann entreißt du ihm sein Totenkleid und eilst zu mir.

Mit großer Angst befolgte Igor die Anweisungen seines *Maharal*. Kurz vor dem zwölften Glockenschlag versteckte sich Igor hinter einem Grabstein, die Schüssel mit der *Charosset* stellte er vor den Stein. Um zwölf Uhr öffneten sich, wie vom Rabbiner beschrieben, die Gräber, und die Kinder tollten stumm über den Friedhof.

Igor schlotterte vor Angst. Würde ihn in der Friedhofsstille gar das Klappern seiner Zähne verraten? Nur die Treue zu seinem Lehrer und der Glaube an die Worte des Hohen Rabbi Löw hielten ihn davon ab, den Friedhof laut schreiend zu verlassen. Ein bleicher Knabe mit wilden schwarzen Locken entdeckte die Schale. Er tauchte seinen Zeigefinger in den köstlichen Brei. Da löste Igor mit zitternden Händen den Gürtel des Totenhemdes und zog. Das Hemdchen rutschte dem Kind vom Körper. Der Knabe schleckte unterdessen zufrieden an seinem Finger und nahm nicht wahr, was ihm geschah.

Igor hetzte, das Totenkleid eng an sich gepreßt, durch die Nacht zum Hause Löw. Der Hohe Rabbi erwartete seinen treuen Schüler schon an der Haustür, legte den Zeigefinger auf die Lippen und nickte seinem Schüler anerkennend zu. Mit einer Handbewegung forderte er Igor auf, ihm zu folgen. Beide gingen in die kleine Kammer mit dem Fenster zur Gasse. Hier legte der Hohe Rabbi das Totenhemd sorgfältig auf das Pult. Dann warteten Lehrer und Schüler im Dunkeln, was nun passieren würde?

Kaum hatte es eins geschlagen, bog das nackte Kind, leise weinend, in die Breite Gasse ein. Am Haus mit dem Löwen im Wappen klopfte es gegen die Fensterscheibe. Der Rabbi öffnete das Fenster einen Spalt, und das Kind begann laut zu jammern und zu wehklagen:

›Ihr habt mein Totenhemd, bitte gebt es mir zurück. Ohne das weiße Hemd kann mein Staub nicht wieder zur Erde kommen und meine Seele nicht zu G'tt, der sie mir geliehen hat. Ohne mein Hemd komme ich nie wieder zur Ruhe, ewig muß ich wandern, ewig wandern zwischen den Welten, ewig wird mein Geist umherirren.‹

Das Herz wurde dem Rabbi schwer: ›Du sollst ja dein Totenhemdchen wieder bekommen. Doch erst muß du mir sagen, warum so viele jüdische Kinder in Prag vom Todesengel geschlagen werden!‹

›Das kann ich nicht!‹

Die Wehklage, welche der Knabe jetzt anstimmte, zerriß Igor fast das Herz. Mit Tränen in den Augen schnappte er das Hemd, um die Not des Kindes zu beenden. Doch der Hohe Rabbi hielt Igor grob zurück. Auch er konnte die Klage des toten Knaben kaum ertragen; doch hier half kein Mitleid, nur die Worte dieses Kindes konnten das Sterben im Getto aufhalten.

Plötzlich brach das Weinen ab, und der Knabe erklärte mit tiefer, fester Männerstimme: ›Am Ende der Judenstadt steht das Haus mit dem Krug im Wappen. Dort leben zwei liederliche Schwestern. Die eine bekam ein gesundes Kind. Die andere hat es getötet. Gemeinsam haben sie das Kind heimlich verscharrt. Jetzt ist der Todesengel irritiert und fragt:

›Wo kommt das Kind her?

Wie lautet sein Name?

Auf meiner Liste stand kein Kind!

Auch habe ich dieses Kind nicht berührt!‹

Wieder weinte der Knabe, jetzt erneut mit klarer Kinderstimme: ›Aus verwirrender Empörung breitet der Todesengel seine schwarzen Flügel über uns jüdische Kinder in Prag aus.‹

Der Rabbiner gab dem Kind sein Totenhemd zurück. Pfeifender Wind peitschte durch das Dunkel, ein Blitz huschte durch die Nacht und schlug im Friedhof ein.

Das Kind war verschwunden.

Am Morgen stellte der Hohe Rabbi Löw die Schwestern zur Rede. Sie leugneten nicht, denn ihr Gewissen bedrückte sie schon lange.

Das Gericht verurteilte sie zum Tod durch den Strang. Nachdem das Urteil vollstreckt war, zog der Todesengel seine dunklen Flügel von der Prager Judenstadt zurück.

Über die nächtlichen Ereignisse mit den wiederbelebten Kindern schwiegen der Rabbiner und sein Schüler. Doch im Judenquartier ahnte jeder, daß der Hohe Rabbi den Todesengel irgendwie beschwichtigt haben mußte. Das Vertrauen zum Hohen Rabbi Löw wuchs, und kaum einen gab es in der Prager Judenstadt, der nicht vor einer wichtigen Entscheidung zum ›Löwen unter den Weisen‹ eilte, um Rat einzuholen.«

»Huhu, das war schon unheimlich. Doch jetzt konnte sich der Rabbiner ganz seiner Aufgabe als Ratgeber widmen und Streitigkeiten unter Juden schlichten und schuldige oder unschuldige Juden vor Gericht verteidigen«, hakt Daniel nach.

»Ja aber auch Einwanderer auf der Suche nach Wohnraum wandten sich an den Hohen Rabbi Löw. Manchmal waren Lösegelder für ins Gefängnis geworfene Juden zu zahlen oder Spenden aufzutreiben, um Folter durch reichliche Bestechungsgelder zu mildern.«

»Oma, du denkst immer an das Schlimmste. Bestimmt waren auch Eheverträge zu schließen...«

»...und Scheidungen auszusprechen«, schneide ich meinem Enkel das Wort ab: »Es stimmt schon, immer mehr *Jidden* klopften Rat suchend beim Löw an.

In seinem 69. Lebensjahr erfüllt sich ein Lebenswunsch für den Hohen Rabbi. Löw wird zum Oberrabbiner berufen, und seine *Synagoge* ist jetzt die Alt-Neu...«

»Du meinst die *al tnai-Synagoge*?« fällt mir Daniel ins Wort.

»Naja, aber als Alt-Neu hat sie sich eingebürgert, als Alt-Neu findest du sie in den Reiseführern, und wir wollen doch nicht kleinlich sein?«

»Nein, nie«, haucht Daniel

Ich nutze die Gelegenheit: »Kleinlich hin oder her, ich habe kalte Füße und rate uns, dringend in die Wohnung zu gehen.«

»Gut, Oma, das sehe ich jetzt ein, auf geht's! Die Sonne macht ja auch bald ›ne Biege‹ und verschwindet.«

Wir legen unsere Decken zusammen. Gerade will ich... Doch Daniel ist schneller: »Oma, frage jetzt bitte nicht, was ich essen will – nix! Über die *jiddische Mame* gibt es viele Witze, aber über *jiddische* Omas kenne ich keinen. Doch wie ich meine Omi kenne, hat sie noch bestimmt leckeren Orangensaft für ihren Enkel besorgt, mit viel Vitamin C.«

Purim oder Haman in Prag

Die *Mazze*krümel in der Küche stimmen mich ein wenig miß-
mutig; doch als ich in der Thermoskanne noch eine Tasse Kaffee finde, bin ich wieder ganz zufrieden. Im Wohnzimmer nehmen wir unsere alten Plätze ein, und ich beginne:»Perl ist
überglücklich und backt singend Unmengen von Teigtaschen
mit schwarzem Mohn gefüllt...«

»Unser leckeres *Purim*gebäck, die *Haman*taschen«, stöhnt
Daniel sehnsuchtsvoll.

»Ja, die dreieckigen Kuchenstückchen, die mein Enkel sooo
sehr liebt!«

»Weil sie in der Mitte mit zuckersüßem schwarzen Mohn
gefüllt sind und uns an die großen dreieckigen, bespitzelnden
Ohren des bösen Antisemiten Haman erinnern.«

»Gut«, lobe ich Daniel.»Und an Hamans Kopfbedeckung,
wahrscheinlich dem Dreispitz.

Doch zurück nach Prag.

Wie freut sich Perl schon auf ihren *Synagogen*besuch, freut
sich auf die dramatisch gesungene Lesung der *Megillat* Esther.«

Daniel befleißigt sich einer tiefen Stimme:»Klar, alle jüdischen Frauen freuen sich auf *Purim*, werdet ihr doch alle durch
die mutige Tat der Königin Esther geehrt. Aber auch ich freue
mich jedes Jahr, wenn die Schriftrolle Esther von unserem
Vorbeter so lustig und dramatisch vorgetragen wird.«

Ich nicke meinem Enkel zu.»Ja, unser Kantor Helfgot wird
in der Frankfurter Westend*synagoge* die Geschichte der Königin Esther einfühlsam und fröhlich vortragen, damit wir die
Ereignisse vor fast 2500 Jahren wieder durchleben.«

Daniel will jetzt die Rolle des Erzählers übernehmen:»Oma,
entspann' dich. Wir machen eine Zeitreise in das Jahr 465 vor
unserer heutigen Zeitrechnung. Ich beame dich in das große
persische Reich. Der Herrscher über die 127 Provinzen ist der
große Trinker Ahasverus.

Ich zeige dir nichts vom Reichtum und Wohlleben der Menschen im Großreich. Ich berichte auch nicht vom falschen Leben der Juden in jenen Tagen, tragen sie doch Masken der Verstellung und leben wie die Perser. Ich erzähle von dem Juden Modechai. In der Burgstadt Susa bewachte er das Tor des Königs; ein angesehener Posten im alten persischen Reich. Mordechai hielt am Judentum fest und weigerte sich, vor einem Menschen auf die Knie zu fallen. Denn das verlangte der mächtige und eitle Haman, rechte Hand des Königs und sein erster Minister.

Im Hause Mordechais lebte das Waisenkind Hadassa, seine Nichte, Esther gerufen. Es muß ein schönes Kind gewesen sein, denn als der König von Persien, Ahasverus, eine neue Frau sucht, fällt seine Wahl unter allen schönen Jungfrauen des Landes auf Esther. Mordechai schärft seiner Nichte ein, im Schloß nichts von ihrer jüdischen Abstammung zu verraten. Doch die Königin lebt traurig in ihrem prächtigen Hauspalast in der königlichen Burgstadt Susa. Immer wieder fragt sie nach dem Sinn ihres Daseins: ›Warum durfte ich keinen Juden heiraten? Warum darf ich keinen *koscheren* Haushalt führen?‹ Von den täglich für sie vorbereiteten *térbfe* Speisen aus der königlichen Küche ißt sie nichts, sie greift zum Vegetarischen. Kann sie doch nur so sicher sein, nichts was nach den jüdischen Speisegesetzen verboten ist, zu essen.

Alles läuft normal, da hört Haman von einem Torwächter, der sich nicht vor ihm, wie befohlen, verbeugen will.

Und warum? Weil er Jude ist! Weil er sich nur vor seinem G'tt verbeugt?

Da entstand die häßliche Fratze des Judenhassers Haman.«

Daniel unterbricht seine Erzählung, um einen Schluck zu trinken: »Weißt du noch, Oma? Dieses Jahr haben wir von der Schülertheatergruppe einen *Purim*sketch oder besser eine Büttenrede mit verteilten Rollen vorgetragen. Gerade an dieser Stelle kam mein Auftritt. Warte mal, ob ich den noch auswendig kann?«

Daniel springt auf und deklamiert:

»Die Verweigerung wurde zugeraunt dem Haman,
dem ewigen Antisemiten...

Der wollte gleich alle Juden vernichten!
Flugs sah man Haman – ohne zu verweilen
zu Ahasverus, seinem König, eilen:
›Herr König, hört mich an,
da gibt es doch so gewisse Leute hier im Land,
die brauchen eine starke Hand!‹
Der König vom Weine voll, lallend sprach:
›Hier hast du meinen Siegelring,
der dir jede Vollmacht bringt...‹
Haman dachte hocherfreut:
›Das ist ja wirklich fein,
das ist sogar sehr gut.‹
Dabei schwenkte er zum Gruß
seinen dreieckigen Hut.
Das Gebäck, die dreieckigen *Haman*taschen,
sind an Purim unser Zeichen;
dieser Schurke wollte Leichen!
Aus seinem Hut zog Haman das *Pur*,
das Los, das sollte es ihm sagen:
›An welchem Tag gehe ich den Juden an den Kragen?‹
Doch Haman hatte nicht an Mordechai
und Mordechais *jiddischen* Kopf gedacht.
Mordechai hat mit seiner Nichte,
der schönen Königin Esther, was ausgemacht.
Esther mutig, bestand Gefahr für ihr Leben,
hat sich ohne Aufforderung zu ihrem Mann,
dem König Ahasverus begeben,
und kurz vor dem, von Haman bestimmten Schreckenstag
hat sie ihrem königlichem Mann Bescheid gesagt.
Ahasverus darauf wütend schrie:
›Haman, so ein Schurke, so ein Bösewicht,
der will das Volk meiner schönen Esther vernichten,
da muß er drauf verzichten!‹
Jetzt mußte Haman
am hohen Galgen sein Leben verlassen.
An demselben Galgen,
den Haman für Mordechai hatte errichten lassen.
So konnten Esther und Mordechai das Los,

das *Pur* wenden
und die Geschichte konnte gut enden.«

Daniel verbeugt sich und begibt sich wieder zurück auf die Couch.

Ich muß lachen: »Kompliment, Daniel, das hast du richtig toll vorgetragen!«

Daniel schiebt ein Kissen hinter den Kopf, lagert sich bequem, dann fordert er: »Bitte, Oma, erzähl' doch jetzt weiter von dem *Purim*fest im Hause Löw.«

»Gerne. – Besonders freut sich Perl schon auf die laute, ausgelassene Stimmung während der Lesung in der *Synagoge*.

Immer wenn der Name Haman genannt wird, klopfen alle Anwesenden mit Hämmerchen oder Stöckchen auf Holz. Heute sind wir zwar mit Ratschen bewaffnet, und mit ihrem Krach verhauen wir immer noch symbolisch den Judenfeind Haman. Ja, in diesem Jahr will Perl tüchtig klopfen, sie, die Frau des Oberrabbiners, will Haman tüchtig treffen; weiß sie doch in diesem Jahr so sicher wie noch nie:

Die Rettung ist stets nah!

Der fromme Mordechai lebt!

Der Feind wird immer besiegt!

Eine Königin-Esther-Krone hat Perl schon für Hannale gebastelt, denn an *Purim* darf man sich verkleiden. Überhaupt ist *Purim* ein verrückter Tag. Die *purim-spiler* gehen von Haus zu Haus und spielen nicht nur fröhliche Musik zum Tanzen auf, auch freche Parodien werden von ihnen aufgeführt.

Nein, tanzen wird Perl nicht, aber in die Hände klatschend die Tänzer anfeuern, das wird sie, und ein wenig zu viel Wein wird sie auch trinken. Auch das ist ein Gebot der fröhlichen Stunden. Zwar verbieten die jüdischen Vorschriften übermäßigen Alkoholgenuß, und im *Talmud* wird vor der Trunkenheit, die zur Zügellosigkeit führen kann, gewarnt. Doch gutes Essen und reichliches Weintrinken sind an *Purim* Pflicht, denn an *Purim* ist alles ›frei‹!

Zum Freudenfest soll jeder reichlich *purim-gelt*, Almosen, unter den Armen verteilen. Freunde und Nachbarn werden beschenkt. Jeder soll *farschárt sajn*, ausgelassen und fröhlich.

Beim Hohen Rabbi Löw aber will sich dieses Jahr keine *Purim*freude einstellen, muß er doch daran denken, wie kurz der *Purim*segen den persischen Juden Ruhe gebracht hatte, wie schnell das große persisch-medische Reich untergegangen war...

Beunruhigt schaut der Hohe Rabbi immer wieder hoch zum Hradschin, in Richtung des Dominikanerklosters. Hinter den dicken Mauern lebt der Geistliche Taddäus, ein fanatischer Judenhasser. Auf seine Veranlassung waren Juden schon öfter zusammengetrieben und abgeführt worden.«

»Ins Gefängnis?« will Daniel wissen.

»Nein, um christliche Zwangspredigten in hebräischer Sprache zu hören. Die Juden sollten sich taufen lassen anstatt verstockt an ihrem Glauben zu kleben.

Doch solche Nötigungen blieben erfolglos. Seine Ohnmacht gegenüber den Gesetzestreuen machte den Prediger immer wütender, denn die Zwangstaufe war inzwischen verboten worden, und so mußte er die Juden ungetauft wieder ziehen lassen. In wütendem Haß hetzte er in seinen Sonntagspredigten: ›Die Juden sind laut ihren Schriften verpflichtet, alle Christen zu hassen!‹

Oder er schrie von der Kanzel: ›Die Juden sind schuldig an der Kreuzigung Jesu!‹

Nachdem der Kaiser den Juden das Bleiberecht zugesprochen hatte, griff Taddäus zur gefährlichsten Lüge: ›Die Juden benötigen Euer Blut, Christenblut für ihre *Pessachmazzen*. Am liebsten ist ihnen das Blut unschuldiger Christenkinder!«

Daniel ist sehr ernst geworden. »Solche Lügen haben vielen Juden das Leben gekostet.«

»Sehr vielen«, muß ich bestätigen: »Die Predigten des Taddäus bereiteten ein *Pogrom* vor.«

»Und der Kaiser?«

»War wohl mit anderen Dingen beschäftigt oder müde oder in einer seiner depressiven Phasen.

In seinem langen Leben war der Hohe Rabbi Löw in die zahlreichen Kammern der *Tora* eingetreten, war die zweiunddreißig Pfade der Weisheit gegangen, doch gegen den Ungeist der Verleumdung, gegen die Feigheit, sich mörderisch auf

Schutzlose zu stürzen, gegen die Mitleidslosigkeit der *Pogrome*, weiß der Hohe Rabbi keinen Rat.

Das Bild des Kaufmanns Samuel, der als einziger seiner Familie den Flammen eines *Pogroms* entkommen konnte, verfolgte den Rabbiner. Weinend hatte Reb Samuel gestanden: ›Wer einmal zwischen Tod und Leben war, will vergessen! Doch die Angst bleibt, die Alpträume. Die Schreie der Sterbenden, danach die schreckliche Stille, lassen uns nie mehr zur Ruhe kommen.‹«

Ich mache eine Pause.

»Ich weiß, du möchtest eine Zigarette rauchen.« Daniel erhebt sich schwerfällig: »Ich finde es zwar nicht schrecklich, wenn du qualmst, doch nach diesen Scheußlichkeiten hole ich dir sogar einen Aschenbecher.«

»Hier im Schrank, oberste Schublade, ist einer, mit Zigaretten und Feuerzeug.«

Daniel gibt mir sogar Feuer: »Konnte sich denn keiner wehren?« fragt er dabei.

»Wie?« will ich von ihm wissen.

Daniel ist ratlos: »Ich hol' mir noch Saft aus der Küche, willst du auch?«

Schon ist er unterwegs.

»Ja«, rufe ich ihm hinterher: »Bringst du bitte noch ein Glas mit!«

Ich ziehe an meiner Zigarette und mache mir Vorwürfe, daß ich Daniel von Taddäus erzählt habe. Doch im *Talmud* steht, halbe Geschichten sind ganze Lügen. Um zu verstehen, warum der Golem von Rabbi Löw geschaffen wurde, muß ich die ganze Geschichte – und das heißt die Wahrheit – erzählen. Daniel schenkt uns ein und setzt sich wieder.

»Löw hat versucht, gegen die Unwissenheit und das Fremdsein anzukämpfen. Er schrieb einen Brief an den Prager Kardinal. Der Satz: ›Ich fordere Gerechtigkeit für meine bedrückten Brüder‹, blieb nicht ungehört. Der Kardinal rief zu einer großen Aussprache mit dem Rabbiner Löw auf. Über dreihundert christliche Theologen nahmen an dem Gesprächsmarathon, der über einen Monat dauerte, teil. Der Hohe Rabbi Löw, der große Denker, beantwortete klärend Fragen über die jüdische Religion und ihre Gesetze. Am Ende der Begegnung hatte der Hohe Rabbi Löw über hundert Fragen beantwortet. Der Kardinal bedankte sich herzlich bei ›seinem Rabbi‹ für die Antworten und drückte seine Überzeugung aus: ›Jetzt ist es Zeit, daß Frieden und Verständnis zwischen den beiden Religionsgemeinschaften herrschen!‹

Auch die vielen anderen Christen, die an der Aussprache teilgenommen hatten, bedankten sich überschwenglich beim Rabbi und reisten mit einem Gefühl der Verständigung mit den Juden zufrieden heim.

Das Protokoll der Tagung wurde im Archiv der Dominikaner in Prag aufbewahrt.«

»Du meinst vergessen?«

Daniel ist sehr aufgewühlt.

»Ja, es scheint so, denn aus den Mauern des Klosters nahte ein neuer Sturm der Bedrohung: Rufmord.

Vor Perl und seinen Gemeindemitgliedern versteckte der Hohe Rabbi seine Sorgen, wollte er doch ihre *Purim*freude nicht mindern. Allein in seiner Studierstube aber raufte Löw sich verzweifelt die Haare. Wie konnte der todbringenden Lügenkeule, wie dem Haß, Einhalt geboten werden?«

»Mit einem künstlichen Menschen?«

In Daniels Stimme schwingt Bedenken mit.

Ich versuche, die Skepsis zu überhören: »Vielleicht! Mit einem Geschöpf ohne Seele, ohne Zweifel, ohne Angst, ja, vielleicht.«

Verunsichert trinke ich etwas Saft.

Die Erschaffung des Golem

Ich erzähle weiter:

»Verzweifelt betet der Hohe Rabbi Löw, fleht innig um Rat, bittet um einen Traum der Erleuchtung, weiß er doch von der engen Verbindung zwischen der Seele und dem G'ttlichen. Der Rabbi kennt die Vorstellung: Wenn der Mensch nachts in tiefen, ohnmächtigen, traumlosen Schlaf fällt, besucht seine Seele ihr himmlisches Zuhause. Durch diese enge g'ttliche Verbindung hofft Löw auf ein Geschenk des Ewigen, hofft auf eine rettende Vision.

Kaum war der Rabbi eingeschlafen, erschien ihm eine grüne Schrift in hebräischen Buchstaben:

›Schaffe dir ein menschähnliches Gebilde aus Lehm. Dieser Golem wird euch gegen eure Feinde schützen!‹

Aufgewacht, taumelte Löw schlaftrunken in sein Arbeitszimmer voll Bücher und Schriftrollen. Sein Blick blieb auf der *Sefer Jezira* hängen, der ältesten kabbalistischen Schrift, dem Buch der Schöpfung mit der mystischen Buchstaben-Zahlen-Deutung.

Nachdenklich vertiefte der Rabbi sich in die Seiten; dabei murmelte er vor sich hin: ›Als G'tt seine Welt schuf, schuf er zuerst das Buch *Jezira*. Dann schaute ER in das Buch hinein und schuf daraus seine Welt.‹

Löw tränkte seinen Federkiel in pechschwarzer Tinte, notierte hebräische Schriftzeichen auf einen Pergamentstreifen und setzte den jeweiligen Zahlenwert über die Buchstaben. Hellwach, konnte er die Stunde des Morgengebetes kaum erwarten. Nach dem *Synagogen*besuch bat er seinen *Eidem*...«

»...seinen Schwiegersohn?« fragt Daniel nach.

»Ja, und seinen *chawer*.«

Bei diesem hebräischen Wort ist Daniel sicher: »...seinen Freund.«

»...und treuesten Anhänger und Schüler, zu sich. Kaum waren die drei Männer in seinem Arbeitszimmer, schloß Löw sorgsam die Tür.

Ehrfürchtig flüsternd berichtete der Hohe Rabbi von der nächtlichen Botschaft. ›Euch bitte ich nun, mir zu helfen! Meine Überlegungen führten mich zu unserem Stammvater Abraham. Als er das Buch der Schöpfung allein studierte, erscholl eine himmlische Stimme:

Ich habe das Buch erschaffen und in ihm studiert! ICH BIN EINER! Du aber als Einzelner wirst das Buch nicht verstehen!

Abraham ging zu seinem Lehrer Sein... und es gelang ihm. Da offenbarte sich ihm der Ewige, küßte ihn aufs Haupt und nannte ihn seinen Freund...

Ihr müßt wissen, unser Vorhaben, eine Lehmfigur zu beleben, ist nicht ungefährlich. Nicht durch den Golem droht Gefahr, sondern durch die, die ihn herstellen. Bei derart großen Schöpfungsversuchen werden Risiken durch bedrohliche Spannungen heraufbeschworen. Wer gedankenlos und ohne Ehrfurcht vor der Schöpfung des Ewigen an ein solches Werk geht, kann schuldig werden an den Seinen. Nur reinen Herzens, ohne Eitelkeit und Stolz, ohne Selbstsucht und Überheblichkeit, kann das Werk gelingen.‹«

Ich spüre, wie Daniel anfängt, sich gegen die von mir erzählten Ereignisse im Hause Löw zu sperren: »Du sollst dir kein Bildnis machen!«

Ich erzähle einfach weiter:

»Auch Löw warnte: ›Denkt an den von jugendlich-stürmischer Neugier getriebenen Enosch. Als er von seinem Vater Seth erfuhr, daß Adam weder Vater noch Mutter besaß, daß der Ewige ihn aus Erde geformt hatte, ging er und formte ebenfalls einen Menschen aus Lehm. Doch dieser blieb leblos. Verärgert befragte Enosch seinen Vater. Ungeduldig antwortete der seinem Sohn: ›G'tt blies Adam seinen Odem in die Nase.‹ Da trat Enosch an sein Lehmgebilde, um ihm seinen Atem einzublasen. Darauf aber hatte Satan nur gelauert und schlüpfte mit Enoschs Atem in die Figur. Wie staunte die Familie Enosch, als sie sah, daß die Statue sich bewegte. Sie warf sich vor ihr nieder und betete das satanisch belebte Bild an. So wurde der Name des Einzigen entweiht... «

»Durch Götzendienst!« Daniel ist kribbelig und verschluckt sich fast an seinem Saft: »Gab es denn noch andere Wunderrabbiner, denn so muß man diese Zauberer doch nennen, die sich an Golems versucht haben?«

»Zauberer muß man sie nicht nennen«, stelle ich vorsichtig fest: »Denn böse oder habgierige Wunderrabbiner kenne ich nicht. Die Bezeichnung Wunderrabbiner meint: fromme Wundertäter.«

»Ich meine, andere Golemgeschichten kennst du nicht?«

»Golemlegenden gibt es nicht viele; nur wenige sind bekannt. So die vom Rabbiner Elias in Polen; in ihr erfahren wir auch, wie gefährlich so ein Golem werden kann. Rabbi Elias formte einige Jahre vor Rabbi Löw eine Lehmfigur. Leben erhielt sein Golem durch das hebräische Wort *emeth* – Wahrheit. *Emeth* stand auf der Stirn des Golem geschrieben.

Sterben kann so ein Golem nicht, vielmehr wächst er täglich. Aus der Welt kommt er nur durch das Auslöschen des ersten Buchstabens. Dann bleibt das hebräische Wort *meth* – tot! Sofort fällt der Golem wieder zu einem Lehmklumpen zusammen. – Nun, der Rabbi in Polen war zufrieden mit seinem neuen Hausgenossen, verrichtete er doch alle ihm aufgetragenen Arbeiten auf das Sorgfältigste. Erst als sein Golem größer als alle Menschen im Getto geworden war und jeder sich vor seinen Kräften fürchten mußte, sah auch der Wunderrabbiner Elias die Gefahr, konnte er doch die Stirn seines Geschöpfes nicht mehr erreichen. Da erdachte der Rabbi folgende List. Er setzte sich auf seine Küchenbank und befahl seinem Golem: ›Zieh mir die Stiefel aus!‹ Der Golem, als Diener geschaffen, bückte sich über seinen Meister und zog am Schuh. Schnell löschte der Rabbi den ersten Buchstaben von der Stirn. Da zerfiel der Golem wieder zu Lehm. Doch stürzte die Lehmmasse über dem *Rebbe* zusammen und erdrückte ihn.«

»Da siehst du es«, fühlte sich mein Enkel bestätigt.

Ich greife zu meinem Saft: »Daniel, es ist ja schon bald fünf Uhr, vielleicht sollten wir mal mit dem Geschichtenerzählen aufhören.«

Daniel schüttelt den Kopf: »Nein, da mußt du jetzt durch.«

»Gut, doch von der Erschaffung des Prager Golem zu erzählen, ist nicht so einfach; dazu brauche ich wohl etwas mehr Zuwendung.«

»Ich hab's gecheckt, ich unterbreche dich nicht mehr«, verspricht mein Enkel.

»Dann komm' mit mir in die kleine Studierstube des Rabbi Löw zurück und höre, wie er seinem Schwiegersohn und seinem *chawer* erläutert:

›So ein Scheinmensch ist weder gut noch böse und doch ein mächtiges Wesen! Ohne *Daat* – ohne Erkenntnis, ohne *Chochmah* – ohne Weisheit und ohne *Bina* – ohne Einsicht, wird er immer ein Unvollkommener bleiben. Gefährlich ist ein Golem auch wegen seines dumpfen Gehorsams. Fehlt solcher Kreatur doch der Hauch G'ttes, fehlt solchem Geschöpf doch die vernunftbegabte Seele.

Unser Golem wird, als Zeichen seiner Unvollkommenheit, nicht sprechen können, aber alles verstehen, was man ihm aufträgt. Ohne zu fragen, wird er gehorchen.

In uralten Überlieferungen habe ich gelesen:

Die vier Elemente:

Feuer	–	*esch*
Wasser	–	*majim*
Luft	–	*ruach*
Erde	–	*aphar*

müssen bei der Erschaffung eines Golem vertreten sein. In dir, Jizchak, mein geliebter *Eidem*, spüre ich die Kraft des Feuers.

In dir, Sasson aus dem Hause Levi, sehe ich das belebende Element Wasser.

In mir selbst nehme ich die Urgewalten der Luft wahr.

Wir drei zusammen werden aus unberührter Erde einen Scheinmenschen formen.

Bevor wir uns an das Werk wagen, wollen wir uns hier sieben Tage und Nächte vor der Welt verschließen. Wir wollen fasten, uns konzentrieren, gemeinsam lernen und beten und uns so hoffnungsvoll auf unsere schwere Aufgabe vorbereiten. Denn nur wer würdig ist, darf in den mystischen Büchern studieren. Nur durch Vernunft und Frömmigkeit erhellen sich die magischen Kombinationen.‹

Am siebten Morgen sackte Rabbi Löw in einen kurzen, festen Tiefschlaf. Ein Traum führte ihn aus der Stadt an das Ufer der Moldau zu einer stillgelegten Ziegelei. Hier schwemmte der Fluß, ruhig und beständig, frische unberührte Erde von einem hohen Berg an das Ufer. Erde, mit der noch kein Mensch in Berührung gekommen war.

In der Nacht des zweiten *Adar*, des sechsten Monats des Jahres 5340, verließen drei Männer das Studierzimmer des Rabbi Löw, um die *mikwe* aufzusuchen. Im rituellen Reinigungsbad tauchten sie in dem kalten, lebendigen Wasser, innig konzentriert, ganz unter. Danach setzten sie ihre seidenen Käppchen auf, zogen ihr religiöses Untergewand aus Baumwolle an, ihren *Tallit Katan*, ihren kleinen Gebetsmantel, mit den *zizijot*, den 36mal verknoteten Schaufäden, den nach außen getragenen Zeichen der Erinnerung an die G'ttlichen Gebote. Sorgsam schlüpften sie in ihre weißen ›Kittel‹, ihre Totenhemden aus Leinen. Danach legten sie die *Tefillin*, den Gebetriemen mit den zwei kleinen schwarzen Behältern, an. Die schwarzen Kästchen, in ihnen befinden sich vier auf Pergament geschriebene *Tora*abschnitte, wurden jeweils am linken Oberarm zum Herzen blickend und auf der Stirn plaziert. So gerüstet, standen die jüdischen Männer mit Herz und Verstand in der von G'tt durchdrungenen Schöpfung. Dann küßten sie den Rand ihrer großen Gebetsmäntel und verhüllten sich mit ihrem großen *Tallit*. Aus der tiefsten Tiefe ihres Herzens beteten die Männer bis zur Stunde der Mitternachtsklage um Jerusalem. In der vierten Nachtstunde, als die Dunkelheit an die Zeit vor der Schöpfung erinnerte, machten sich die drei Männer, Gebete murmelnd, auf den Weg durch die winkligen Gassen, hinaus aus der Stadt, an das Ufer der Moldau.

Hellsichtig führte der Rabbi seine Begleiter zu dem ihm im Traum bezeichneten Ort. Dort lag die frisch angeschwemmte, feuchte Erde.

Das Trio zündete Fackeln an, steckte die Lichter in die weiche Erde und bildete so einen magisch flackernden Lichterkreis. In ihm kneteten die drei aus der unberührten Erde, ehrfürchtig Gebete flüsternd und erstaunlich behende, einen menschlichen Körper mit allen Gliedern. Sorgfältig gestalteten sie die Gesichtszüge, modellierten konzentriert Augen, Ohren, Nase und Mund.

Während ihrer Arbeit hörten die Männer nicht auf zu beten.

Frohen Psalmgesang auf den Lippen stellten sie sich zu Füßen ihres Lehmgebildes von drei Ellen Länge und sahen prüfend in das tote Gesicht des auf dem Rücken liegenden Lehmkörpers.

›Jetzt ist die Zeit gekommen. Jetzt wollen wir den Golem beleben!‹ sprach der Hohe Rabbi Löw mit fester Stimme. ›Du, mein *Eidem*, vertrittst das Element *esch*. Sieben Mal wirst du von rechts nach links den Golem umkreisen. Dabei spreche die geheimen Worte...‹

Der Hohe Rabbi Löw flüsterte seinem Schwiegersohn die Buchstabenkombination ins Ohr.

Mit hoher, zitternder Stimme, fast singend, tat Jizchak, wie ihm geheißen. Erregt tänzelte er, rhythmisch rezitierend, um die Lehmstatue. Nach der dritten Umkreisung füllte das Element Feuer den leblosen Körper. Zuerst fing der Lehm zu trocknen an, dann strahlte er Wärme aus, und nach der siebten Umrundung glühte der Körper feuerrot.

Danach war es an dem treuen Gelehrtenjünger des Rabbi Löw, das Element *majim* in den Körper strömen zu lassen. Auch ihm flüsterte der Rabbi die Zauberformel für das Wasser zu; doch forderte er ihn auf, von links nach rechts den Golem zu umschreiten.

Sassons Baßstimme erhob sich. Linksherum umwanderte er die Figur. Der glühend heiße Lehmkörper nahm Wasser auf und schwitzte kleine weiße Dampfwölkchen aus. Die Feuersglut wich aus dem Körper, und Haare und Nägel wuchsen, Haut überzog den rissigen Ton. Nach der siebten Umschreitung lag die Gestalt eines etwa dreißigjährigen Juden mit langem Bart und *Péjes*, zufrieden schlafend, auf der Erde.

Jetzt war es an Löw, seine sieben Rundgänge zu unternehmen. Tänzerisch, die geheimen Worte für das Element *ruach* rezitierend, umkreiste er den Körper. Dann schritt er zum Golem. Sasson und Jizchak beteten in gespannter Raserei, riefen beschwörend: ›*dalibóg*‹, ›wolle es G'tt!‹ Wie zerzauste die stürmische Erregung ihre Bärte und ihre *Péjes*. Löw beugte sich über das starre Gesicht, öffnete dem Golem die Lippen und legte ihm das belebende Pergament mit dem *Sch'em*, dem unausgesprochenen Namen G'ttes, unter die Zunge.

Jetzt fiel auch der Rabbi in das ekstatische ›*dalibóg*‹ seiner Jünger mit ein. Wie ergriffen priesen sie den Ewigen. Ihre Oberkörper wippten im Rhythmus der Gebete wild auf und ab. Mit der rechten Faust klopften sie auf ihr Herz. Dann riefen sie, nein, schrien sie die Worte aus der Schöpfungsgeschichte, aus dem 1. Buch Moses Kapitel 2, Vers 7, in alle vier Windrichtungen:

›...und blies in seine Nase den Lebensatem.

So also ward der Mensch zu einem lebendigen Wesen.‹

Da begann der Lehmmensch zu atmen, öffnete die Augen und sah sich staunend um.

Der Hohe Rabbi Löw befahl: ›Steh auf!‹

Der Golem stellte sich schwerfällig, wie ein Mensch aus tiefstem Schlaf geholt, auf die Beine.

Die Drei zogen dem Golem die mitgebrachten Kleider und Stiefel an; danach stand ein Mann, gekleidet wie ein *schámess*, ein *Synagogen*diener, vor ihnen.

Löw brach das Schweigen: ›Joseph werde ich dich nennen, in Erinnerung an Joseph Scheda, halb Mensch, halb Geist. Joseph war ein Diener im Altertum und rettete mehr als einmal seine Herren aus größter Bedrängnis.

Auch du, Joseph Golem, wirst dienen, denn aus dem Staub der Erde wurdest du ins Leben gerufen, um die Juden vor ihren Feinden zu schützen.

Was ich auch befehle, du wirst es ausführen. Wenn ich dir befehle: Geh' ins Feuer!, so wirst du gehen. Wenn ich dir sage: Spring' ins Wasser! oder tauche in die Tiefen des Meeres!, so wirst du springen oder tauchen. Wenn ich von dir verlange: Stürze dich vom höchsten Turm!, so wirst du dich stürzen. Alles, was ich von dir verlange, wirst du, ohne zu zögern, tun.‹

Joseph nickte. Er verstand offensichtlich jedes Wort, doch die Gabe zu sprechen, besaß er nicht.

Dem Gemeinderat stellte der Hohe Rabbi Löw den neuen stummen *Synagogen*diener mit folgenden Worten vor:

›Unser neuer *schámess* Joseph Golem ist in Prag, um die Judenschaft zu beschützen. Er wird uns bewachen, jede gemeine Lüge über uns aufdecken und jeden ausfindig machen, der Böses gegen uns im Schilde führt.

Kein Feuer kann ihn verbrennen, kein Wasser ertränken, keine Kugel durchlöchern und kein Messer verletzen. Joseph besitzt die Gabe, die verschiedenen Tages- und Nachtstunden durch seinen feinen Geruchssinn wahrzunehmen; weht doch vom Garten Eden jede Stunde ein anderer guter, heilbringender Wind auf unsere Erde. Der Golem vermag die 24 Wohlgerüche, welche die Luft reinigen, zu empfangen, und somit kann ihn keine Krankheit niederdrücken. Da der Golem keinen Trieb zum Bösen besitzt, fehlt ihm auch der Trieb zum Guten. So kann er seinen Weg nicht bestimmen. Die Worte der *Tora*: ›Du sollst G'tt lieben mit deinem ganzen Herzen‹, welche unsere Weisen deuten: Du sollst IHN lieben mit deinen beiden Trieben, mit dem guten und dem bösen Trieb, kann er nicht erfüllen.

Ohne das Licht G'ttes darf er nicht zum *Minjan*, zu den für unseren G'ttesdienst vorgeschriebenen zehn Betern, gezählt werden. Der Golem ist frei von der Erfüllung unserer 613 Gebote. Nur ich darf ihm seine Aufgaben zuteilen, nur meinem Willen darf er folgen!‹

Auch Perl staunte nicht schlecht über den kräftigen, etwas unförmig geratenen Unbekannten an der Seite ihres Mannes. ›Hier, das ist der stumme Jossel. Ich habe ihn als neuen *Synagogen*diener angestellt. Er wird ab jetzt bei uns wohnen.‹ So stellte Löw seiner Frau den riesenhaften Mann an seiner Seite vor.

Der Golem sah einen gemütlich versteckten Platz auf der Küchenbank neben dem Ofen, setzte sich dort nieder, stützte seinen Kopf auf die Hände und wartete.«

Ich unterbreche die Golemgeschichte, an Daniel gewandt: »Jetzt gibt's eine Pause! Erstens sitzen wir fast im Dunkeln. Zweitens knurrt mein Magen, und beides sagt mir, es ist Zeit für's Abendbrot!«

»Brot in den *Pessach*tagen?« spottet Daniel.

»Natürlich nicht, zufällig habe ich Reste eines Kartoffel-Karotten-*Zimmes* in der Speisekammer stehen.«

Daniel reibt sich seinen Bauch: »Guter Zufall, daß ich heute hier vorbeigekommen bin, um mit dir den leckeren Auflauf zu verdrücken.«

Ich bin froh, daß sich unsere Stimmung wieder entspannt: »Der *Zimmes* muß nur noch zehn Minuten in der Backröhre aufgewärmt werden.«

»Dazu mußt du in die *Mazze*-Krümelküche«, bemerkt Daniel. »Laß' mich lieber vorher, wie versprochen, staubsaugen.«

»Ich habe jetzt wirklich Hunger«, wende ich ein. »Ich werde die Auflaufform in den Ofen schieben, dann kannst du saugen.«

So wird es gemacht.

Zwanzig Minuten später sitzen wir in der sauberen Küche. Ich glaube, eine gute Idee zu haben: »Nach dem Essen gehen wir in die Videothek und holen uns einen lustigen Film für den Abend.«

»Aha, du willst mir nur nix mehr über den Golem erzählen«, bemerkt Daniel. »Oder gibt es da einen Film über den Golem?«

»Ja, es gibt einen alten Stummfilm«, gebe ich zu. »Doch den bekommen wir bestimmt nicht in meiner Videothek. Das letzte Mal habe ich den Film vor zwei Jahren in einem kleinen Filmvorführmuseum in Berlin gesehen. Paul Wegener spielt den Golem und rollt beeindruckend mit den Augen hinter der starren Maske in die Kamera.«

Daniel läßt nicht locker: »Aber ich wollte noch hören, wie der Golem diente.«

Ich stöhne auf: »Gut und unermüdlich erledigte er alle ihm gestellten Aufgaben.«

»Was für Aufgaben? Was tat er, wenn er nicht in der Küche rumsaß?«

»Dann streifte er durch die Prager Gassen. Meist als christlicher Lastenträger verkleidet, sperrte er die Ohren auf, wenn über Juden gesprochen wurde.«

»Aber was hatte das für einen Sinn, er konnte doch nicht sprechen, also nichts berichten?«

»Er konnte schreiben, und so notierte er alles für den Hohen Rabbi. Wegen seiner mysteriösen Kräfte wurde der Golem nie müde. In den Nächten durchwanderte er mit großen Schritten die Judenstadt. Kein ›schräger Vogel‹ traute sich, besonders während der finsteren Stunden, auch nur in die Nähe der Juden. Erzählte man doch im christlichen Teil der Stadt von einem Gespenst mit grünen, funkelnden Augen, welche die Dunkelheit zu durchdringen verstanden und die schlafenden Juden schützend bewachten.«

Doch ich mag nicht mehr weiter erzählen.

»Warum?« will Daniel wissen.

»Ich habe das Gefühl, du lehnst die Geschichten irgendwie ab. Ja, irgendwie machen sie dich sogar wütend.«

Daniel zerkaut langsam seinen letzten Bissen und überlegt: »In vier Monaten werde ich dreizehn und bin an dem darauf folgenden *Schabbat* Sohn des Gebotes, *Bar Mizwah.* Dann werde ich zum ersten Mal, stellvertretend für alle Anwesenden in der *Synagoge,* zur *Tora*lesung aufgerufen. Du weißt, die Vorbereitungen sind im vollen Gange. Nicht nur, daß Mutti morgen mit mir durch die Stadt tigert und mich zwingen wird, Anzüge anzuprobieren. Logisch, vor meiner *Bar Mizwah* beschäftige ich mich viel mit unserer Religion.«

Daniel ereifert sich: »Du hast den Rabbi Löw selbst erzählen lassen, wie der Götzendienst in die Welt kam, und dann wagt er, einen Menschen zu schaffen? Das war gefährlich, das konnte zum Götzendiest führen!«

Ich bleibe ruhig: »Dazu fällt mir eine *chassidische* Geschichte ein. In der kommenden Welt taucht Satan auf und bietet den Juden an: ›Ihr sollt jede *parnossess*, also euer Auskommen, euer Essen, alles sollt ihr haben, was ihr euch nur wünscht, es soll euch gut gehen!‹ Ein *chassidischer* Meister fragt nach: ›Von wem kommt denn diese Verfügung?‹ Da heißt es ›von Satan‹. Der *Zadik* stellt fest: ›Dann werden wir nichts davon haben! Alles was einer schlechten Quelle entspringt, ist auch schlecht, und jeder noch so kleine Schritt in diese Richtung zieht uns zum Tiefpunkt. Zu ihm will unser böser Trieb uns ziehen. Jeder, der sich dem Götzendienst widersetzt, öffnet die ganze *Tora.*‹«

Daniel ist sehr nachdenklich: »Götzendienst? Wo fängt der an?«

»Das ist eine schwere Frage.« Ich blase meine Backen auf und lasse geräuschvoll die Luft wieder ab: »Doch ich will es versuchen: Götzendienst ist immer das, was sich selbst dient!«

Hier hakt Daniel nach: »Und Löw mit seinem Golem?«

Ich entwickle meine Gedanken zögerlich weiter: »Der Golem war nicht in der Welt, um dem Hohen Rabbi Löw zu dienen, der Rabbi diente vielmehr mit seinem Golem! Bevor der Weise unter den Löwen geheime, übersinnliche Kräfte einsetzte, um die Prager Judenschaft zu retten, rang der Hohe Rabbi hart mit sich. Erst als der Rabbi erkannte, daß er mit seinen Waffen Vernunft und Aufklärung, dem Neid, gepaart mit den von Taddäus geschickt ausgestreuten, verlogenen Anschuldigungen gegen die Juden, hilflos gegenüber stand, erst als der *Pogrom*mob ›Rache‹ verlangte, versenkte sich der Rabbi in *jischewen*, auf jiddisch: ›mit sich selbst zu Rate gehen‹.

Erst nach dieser schweren Prüfung wagte der Hohe Rabbi die Golemschöpfung.

Löw wußte: Ein Golem steht immer eine Stufe unter dem Menschen, ist er doch ohne Vergangenheit, ohne Einsichten und ohne Stimme, den Ewigen zu loben. Ein Golem kann nicht aus sich heraus ein Teil von *tikun haolam* werden.«

Daniel staunt: »Ein Teil von Verbesserung der Welt...«

Ich nicke: »Jeder von uns muß sich als ein Teil von *tikun haolam* verstehen. Dazu muß jeder bei sich selbst anfangen! Ich glaube, Geschichten vom Golem können Menschen helfen, sich zu verbessern.«

Daniel sagt bestimmt: »Gut, dann gehen wir jetzt wieder ins Wohnzimmer, machen es uns gemütlich, und du erzählst, wie der Golem diente. Darf ich dir eine Flasche Wein mit deinem neuen Superdruck-Korkenzieher öffnen?«

»Nein, bitte nicht!« wehre ich ab: »Mir reicht noch der Wein von gestern. Ich trinke lieber, wie du, O-Saft.«

Daniel läßt die Rolläden herunter; ich mache die Stehlampe an und dimme sie auf gedämpft. Ja, so ist es behaglich.

Hanka

Als wir unsere Plätze im Wohnzimmer wieder eingenommen haben, sieht mich Daniel herausfordernd an. »Oma, du kennst die Regel: ›Und ist der Gast auch noch so schlecht, er hat sein Recht, er hat sein Recht!‹ Bitte!«

»Na gut, Herr Gast, dann erzähle ich jetzt von Hanka, vom Hohen Rabbi Löw und seinem Golem.

Vor den Toren Prags stand ein verwahrlostes Schloß. Der Mörtel an der Fassade bröckelte, Fensterscheiben waren zerbrochen, die Gartenmauer zerfiel. In dem von Unkraut überwucherten Park saß die neunjährige Hanka verloren auf einer Steinbank. Die Mutter lag voller Sorgen krank danieder. Im verdunkelten Zimmer kreisten ihre Gedanken um ihr trauriges Schicksal. War es wirklich erst zwei Jahre her, daß sie, die Gräfin, eine muntere Schar von Lakaien dirigierte, damit diese das große Haus mit dem hübschen Park in Ordnung hielten? Wo waren die glücklichen Tage, da sie an der Seite ihres Mannes große Empfänge gab? Wo das fröhliche Lachen ihrer Gäste von Adel?

Jetzt war ihr nur das alte Dienerehepaar geblieben. Die beiden sorgten rührend für sie und das Kind; doch für das große Haus mit der Gartenanlage reichten die Kräfte nicht. Der Graf kam nur noch selten nach Hause. Und wenn, polterte er durch die Gemächer, von teuflischer Bosheit getrieben und von Alkoholdünsten begleitet.

Kaum ausgenüchtert, ließ er anspannen und eilte zurück zu den verrauchten Spielhöllen der Stadt.

Um die Verwaltung seiner Güter kümmerte er sich nicht mehr. Die Bakkaratkarten hielten ihn gefangen. Er spielte und wettete und verlor. Nachdem er all sein Geld verspielt hatte, verpfändete oder verkaufte er seine großen landwirtschaftlich genutzten Güter mit hunderten von Leibeigenen. Danach unterschrieb er Schuldschein auf Schuldschein, spielte auf Kredit. So wuchs sein Schuldenberg ins Unermeßliche.

Eines Abends geriet der Graf in eine Runde Kartenspieler,

die verbissen schon 46 Stunden ohne Schlaf am Spieltisch saßen. Hohe Geldbündel wechselten ständig ihren Besitzer. Hier mußte der Graf mithalten. Wie im Rausch unterschrieb er Schuldschein um Schuldschein und verlor.

Obwohl dem Grafen klar sein mußte, daß ihm keiner mehr Kredit gewähren würde, ließ er sich pompös im Vierspanner in die Judenstadt kutschieren. Das Bankhaus Eliezer war sein Ziel.

Reb Eliezer hörte sich die Kreditforderung des Grafen scheinbar ruhig und gelassen an. Nur als der Edelmann die Höhe seiner Spielschulden erwähnte, zuckte leicht sein linkes Augenlid: ›Herr Graf, ihr wißt, wieviel ihr meinem Bankhaus schon schuldet. Jetzt weiß ich, daß ihr diese Summe nie zurückzahlen könnt. Auch werdet ihr weiter spielen und immer neue Wechsel unterschreiben. Nein, einen neuen Kredit kann ich euch nicht gewähren.‹

Der Graf lief rot an vor Wut: ›Jude, hüte dich, einem angesehenen Christen, einem Edelmann, eine höflich vorgetragene Bitte abzuschlagen. Ich werde das Geld schon bekommen. Aber euch werde ich vernichten! Ich lasse euch ins Gefängnis werfen und foltern, bevor ich euch am Galgen baumeln sehe!‹

Als der Graf nach Hause zurückkehrte, kam ihm das Dienerehepaar mit tränennassen Augen entgegen. Sie hatten den Grafen in Prag vergeblich suchen lassen. Gestern hatten sie die Gräfin in der Familiengruft beisetzen müssen.

Der Graf nickte nur, machte eine wegwerfende Handbewegung: ›Dann werden eure Dienste hier nicht mehr benötigt. Packt eure Sachen, aber schnell!‹

Danach stürzte er ins Haus, die breite Treppe hoch, ins Schlafgemach seiner Frau. Hier durchwühlte er hektisch die wenigen Habseligkeiten der Verstorbenen. Tatsächlich entdeckte er das gesuchte Schmuckkästchen. Nachdem er es gierig geöffnet hatte, fand er statt kostbarem Schmuck ein Testament mit folgendem Inhalt:

›Um meinem einzigen, unglücklichen Kind, meiner Tochter Hanka, das schreckliche Schicksal, im Armenhaus zu verkommen, zu ersparen, übergebe ich meinen Familienschmuck, Schätzwert über eine Million Dukaten, zu treuen Händen in die Obhut der kaiserlichen Kammer. Meinem Mann kann ich diese Erbschaft leider nicht überlassen, da er durch seine Spielsucht und seinen Alkoholismus jeden Realitätssinn verloren hat und das Erbe seiner Tochter bestimmt schnell veräußern würde.

Als meinen letzten Willen verfüge ich, daß meine Tochter Hanka ihr Erbe an ihrem 18. Geburtstag erhalten soll.‹

Zwei Tage später studierte der Bankier Eliezer in seinem Zimmer den *Talmud*. Sein pelzverbrämter Hut, den er auch werktags trug, lag auf einem Stuhl; auf seinem vom Alter silberergrauten Haar saß ein kleines schwarzes Käppchen. Sein Enkelkind übte sich im Geigenspiel, und seine Frau deckte den Tisch für das Abendessen.

Da wurde gegen die Haustür mit Fäusten und Füßen gedonnert.

Bevor das Dienstmädchen die Türe öffnen konnte, war sie schon eingetreten. Sechs Polizisten mit gezogenen Säbeln jagten durch das Haus, Porzellan zerbrach, Möbel stürzten um. Als ihnen Reb Eliezer aus seinem Zimmer entgegen kam, warfen sie sich über ihn, legten ihm schwere Ketten an und schleppten ihn ins Gefängnis.

Auf die verzweifelten Fragen, was man ihm vorwerfe und was das bedeute, erhielt er keine Antwort.

Die Nacht mußte Reb Eliezer im Kerker verbringen. Am Morgen führte man ihn vor den Untersuchungsrichter, der nur die gefährlichsten Verbrecher in Prag zu vernehmen hatte.

Der Graf, ein stadtbekannter Trunkenbold und ein liederliches Weibsbild warteten schon im Vernehmungszimmer. Die Ketten rasselten, als der Wachmann den Reb Eliezer auf einen Stuhl drückte.

›Jud' Eliezer, ihr werdet beschuldigt, die Tochter des Grafen Bratislawski in der Nacht gewaltsam aus ihrem Bett gerissen und entführt zu haben. Danach sollt ihr sie geschlachtet und ihr Blut in Flaschen aufgefangen haben, um sie in eurer *Mazze* verpacken zu können.‹

›Ich bin jeden Abend und jede Nacht zu Hause. Fragt meine Frau, meine Schwiegertochter, meinen Sohn, die Enkel oder das Personal‹, rief verzweifelt Reb Eliezer.

›Das sind doch alles Juden, hier aber sitzen zwei christliche Menschenkinder, die gesehen haben, wie ihr die Untat begangen habt.‹

Jetzt sprang der Richter auf: ›Gesteht! Sonst werde ich Mittel einleiten und das Geständnis aus euch herauspressen.‹

›Ich kann nur wiederholen, ich habe nichts Böses getan und auf das Anwesen des Grafen habe ich noch nie einen Fuß gesetzt. Aber der Graf hat mich vor ein paar Tagen aufgesucht und forderte einen ungeheuer hohen Kredit, den ich ihm nicht gewähren konnte. Darauf hat er mir schon mit Kerker, Folter, ja mit dem Galgen gedroht.‹

›Jüdische Verlogenheit und jüdischer Starrsinn!‹ schrie der Graf: ›Ich habe Zeugen! Komm, Ursula, erzähle uns, was du gesehen hast.‹

Die Frau nuschelte teilnahmslos: ›Den Jud' hab ich gesehen, wie er die arme Hanka in einen schwarzen Sack gesteckt hat. Als ich ihr zur Hilfe kommen wollte, hat er ein Messer gezückt und unverständliche Töne ausgestoßen. Da bin ich in Ohnmacht gefallen.‹

Nach dieser Aussage befahl der Richter: ›Bringt diesen Juden in den Kerker und haltet ihn bei Wasser und trockenem Brot. Wenn er in drei Tagen nicht gestanden hat, übergebt ihn der Folter!‹

Die beiden Zeugen wurden entlassen.

Als der Graf in der Amtsstube mit dem Untersuchungsrichter allein war, forderte der Graf den Richter auf, Hankas Tod sofort zu bestätigen: ›Nur so kann ich mein Erbe antreten und meine Ehre retten. Ich war leichtsinnig. Aus Kummer über den Tod meiner Frau habe ich gespielt und verloren. Ihr wißt, Spielschulden sind Ehrenschulden.‹

Der Richter lehnte sich in seinem Stuhl zurück: ›Euren ehrenhaften Namen habt ihr schon lange verspielt. Also wartet, bis der Jude gestanden hat und die aufkommende Aufregung über den Fall verebbt ist. Dieser Bankier hat viele Freunde, unter ihnen auch angesehene Christen, einige sogar bei Hofe. Kaum jemand wird glauben, daß dieser alte, gesetzte Mann mitten in der Nacht rumstreicht, um Kinder in einen Sack zu stopfen und zu schlachten. Sollte er nicht gestehen, wird der

Fall in die Berufung gehen, und der Jude kann nicht gehenkt werden. Ihr müßt euch also noch gedulden, bevor ihr Hankas Erbe an euch reißen könnt.‹

Als der Hohe Rabbi Löw von der Verhaftung und den abscheulichen Anschuldigungen gegen Reb Eliezer hörte, wußte er, daß bald noch andere Gemeindemitglieder der Beihilfe bezichtigt und verhaftet werden würden.

Nach kurzer Überlegung ging der Hohe Rabbi zum Golem: ›Jossele, einen schwierigen Auftrag muß ich dir heute erteilen. Reb Eliezer wird vorgeworfen, ein Christenkind entführt und geschächtet zu haben. Diesen furchtbaren Verdacht können wir nur mit der Wahrheit über das Verschwinden der kleinen Hanka aus dem Weg räumen. Geh' also und höre dich in der Stadt um! Hier, dieses Hirschledersäckchen wird dir die Aufgabe erleichtern. In ihm befindet sich ein beschriebenes Pergament, ein *Kameen*, das dich unsichtbar macht. So kannst du, ohne gesehen zu werden, in Schenken und Kneipen oder sogar in Häuser gehen. Ja, überall hin, wo über den Fall gesprochen wird.‹

Nachdem der Hohe Rabbi dem Golem das Amulett umgehängt hatte, machte sich dieser auf den Weg.

Der Tag des Prozesses rückte näher, ohne daß der Golem etwas über den Verbleib der kleinen Hanka erfahren hatte. Am Prozeßtag saßen drei Richter mit ihren weiß gepuderten Perücken und im schwarzen Talar, strenge Würde ausstrahlend, am Richtertisch. Wie Rabbi Löw befürchtet hatte, waren auch noch weitere Juden verhaftet worden. Doch keiner hatte ein Geständnis abgelegt, auch nicht unter der Folter.

Scharf bewacht und in Ketten wurden die Angeklagten herbeigebracht. Der Saal war voll Schaulustiger, nachdem Taddäus bei seiner letzten Sonntagspredigt in die Menge geschrien hatte: ›Seht auf das Treiben der Juden in Prag! Wie zeigen sie ihre Dankbarkeit, da wir ihnen erlauben, hier zu leben? Sie rauben und schlachten unsere unschuldigen Kinder. Diese Ungläubigen, die sich für das auserwählte Volk G'ttes halten, sind die Brut des Teufels. Das Blut der ermordeten Hanka schreit nach Rache! Schuldig sind alle Juden!‹

Für die Gaffer stand das Urteil fest. Auf die Angeklagten

wartete der Tod durch den Strang. Und danach die Verbannung aller Juden aus Prag.

Juden war es nicht erlaubt, der Verhandlung zu folgen. Nur der Hohe Rabbi Löw war als Zeuge der Verteidigung zugelassen worden.

Als die Anklageschrift verlesen wurde, sprang plötzlich die Tür zum Gerichtssaal auf. Ein Riese mit kleinen grünen Augen und einer Haut braun wie gebrannter Ton trug behutsam ein Kind in seinen mächtigen Armen, setzte es sanft mitten auf dem Richtertisch ab, danach verbeugte er sich kurz und schritt aus dem Saal.

Das Kind sah sich um, so viele Menschen! Ängstlich fing es zu weinen an, abrupt sprang es vom Tisch, rannte zum Grafen, fiel diesem um den Hals und schluchzte: ›Mein Papa, mein Papa, mein Papa...‹

Der Graf versuchte, das Kind abzuschütteln und giftete es an: ›Halt den Mund, Hanka, halt endlich deinen blöden Mund!‹ Einige Frauen fielen in das Schluchzen mit ein. Der oberste Richter fand als erster seine Sprache wieder: ›Wer bist du, mein Kind?‹

›Ich?‹

Der Richter nickte Hanka freundlich zu.

›Ich bin Hanka, und das ist mein Papa.‹

›Ist das Ihre Tochter, Herr Graf?‹

Auf diese Frage erhielt der Richter keine Antwort.

›Wo bist du denn die ganze Zeit gewesen, mein Kind?‹ befragte der Richter Hanka weiter.

›In einem dunklen Kellergewölbe, mit vielen Spinnweben und Ratten. Ich hatte große Angst‹, antwortete das Mädchen.

Jeder im Saal konnte sehen, wie erschüttert der Richter war: ›Hast du etwas zu Essen bekommen, Hanka? Du bist so blaß und abgemagert.‹

›Ein Mönch hat mir dreimal am Tag Essen gebracht.‹ Nach dieser Antwort durchlief das Kind ein Zittern: ›Aber die Ratten waren meistens schneller als ich.‹

›Wie bist du denn in den Keller gekommen?‹ setzte der Richter die Befragung fort.

Hanka antwortete: ›Die beiden, die bei meinem Papa sitzen,

haben mich durch ein Fenster in den Keller geworfen.‹ Nach diesen Worten deutete Hanka auf die beiden Zeugen der Anklage.

Ursula säuselte los: ›Ja, wir haben das Kind im Kloster abgegeben. Der Graf hatte es so befohlen. Dafür hatte er uns vorher viel Schnaps eingeschenkt. Danach hat er gedroht: Wenn rauskommt, was ihr mit Hanka getan habt, werdet ihr am Galgen landen. Da ist es doch besser, ihr sagt gegen den Juden aus, das bringt euch Freunde ein und viel Freibier.‹

Der Richter ordnete an, alle verhafteten Juden sofort auf freien Fuß zu setzen. Der Graf wurde dem Henker übergeben, Hanka aber kam zu einem braven kinderlosen Ehepaar.

Fragen nach dem seltsamen Fremden, der das Kind auf dem Richtertisch abgesetzt und so die Wahrheit ans Licht gebracht hatte, konnte keiner beantworten.

Doch die Phantasien waren geweckt, und in Prag erzählten nicht nur Mägde bei ihren Arbeiten und Frauen in ihren Spinnstuben allerlei Geschichten über den Riesen der Gerechtigkeit.

Der Golem geht einkaufen

Daniel streckt sich.

»Das war wirklich herb und aufregend. Ich habe mich total verkrampft. Jetzt möchte ich, zum Ausgleich, eine lustige Geschichte hören.«

»Und ich möchte die Tagesschau sehen!«

Daniel steht auf, denn so kann er die Uhr im Videorecorder genau ablesen: »Es ist erst 19 Uhr 29, also noch genug Zeit für eine Geschichte. Bitte, bitte, Oma!«

»Also!« beginne ich. Daniel flitzt auf seinen Platz zurück. »Es war einmal eine Großmutter, die hatte zehn Enkelkinder, und jeden Abend, vor der Tagesschau, riefen sie: ›Oma, liebste Omilie, erzähl' uns doch noch zehn lustige Geschichten. Da begann die so Geplagte... «

Daniel verdreht die Augen und ahmt mich nach: »Es war einmal eine Oma, die hatte zehn Enkel... Ich glaube, für diese Fortsetzungsgeschichte bin ich mindestens zehn Jahre zu alt. Oh, oh, Oma, bist du vielleicht erschöpft, oder weißt du etwa nicht weiter?«

»Bursche!« warne ich lachend, mit erhobenem Zeigefinger: »Doch, deine Oma weiß noch viele, viele Geschichten.«

»Auch vom Golem? Vielleicht eine mit dem Titel ›Wie der Golem falsch diente‹.«

»Ein Golem kann nie falsch dienen«, korrigiere ich: »Er kann nur falsche Anweisungen bekommen!«

«Also falsch programmiert!« stellt Daniel, jetzt auch mit erhobenem Zeigefinger, fest: »Omilie, erzähl' mir doch eine Geschichte! Am besten von Perl und Jossel, bitte!«

»Na gut«, gebe ich nach.

»Also, das Ehepaar Löw hatte ein Waisenkind, ein Mädchen, bei sich aufgenommen. Schon fünfzehn Jahre lebte Chawa in der Familie und wuchs zu einem hübschen Teenie heran. Jetzt wurde es Zeit, daß sie unter den Traubaldachin gestellt wurde.«

»Warum finden unsere Hochzeiten eigentlich immer unter

der *chupa*, einem Baldachin, einem Dach, das von vier jungen Männern hochgehalten wird, statt?«

»Du hast dir die Antwort selbst gegeben: die *chupa*, ein Dach, Symbol für das neue Heim.

Ein wenig traurig und auch glücklich zugleich beobachtete Perl das Erwachsenwerden ihres Schützlings. Eines Tages klopfte es an der Tür. Ein sehr fein herausgeputzter älterer Herr im *Kaftan*, mit blendendweißen Baumwollstrümpfen und großem pelzbesetzten Hut stand in der Haustür. Jeder, der ihn eintreten sah, wußte, der Reb Jid kam als Heiratsvermittler.«

Daniel ungläubig: »Ich kenne wenig jiddische Ausdrücke, aber ein Heiratsvermittler heißt doch *Schadchen*.«

»Schon«, gebe ich zu: »Aber laß' mich ausreden, ein *Schadchen* stiftet Ehen um des schnöden Mammons willen. Bei *schidech ton* hingegen ist der Vermittler nur um *mizwa* bemüht, um die Erfüllung einer g'ttgefälligen Tat.

Nachdem sich der Hohe Rabbi mit seinem Besucher in die kleine Studierstube Löws zurückgezogen hatte, führte der Fremde umständlich aus:

›In der Bibel, im ersten Buch Mose, dem Buch der Weltschöpfung, steht: *Es ist nicht gut, daß der Mensch alleine sei!* Der Mann sucht eine Frau, eine Lebensgefährtin, um das wiederzufinden, was er verloren hat. Aus einer Seite Adams entstand Eva. Allein, sagt ein Weiser im Babylonischen *Talmud*, lebt er freudlos, ohne Segen, ohne Glück.

So komme ich heute zu euch im Namen einer guten jüdischen Familie. Die Verbindung eurer Ziehtochter mit ihrem Sohn verspricht, zu einer passenden Verbindung, zu einem würdigen und glücklichen Leben zusammenzuwachsen.

Die Erde... ER hat sie nicht geschaffen, daß sie leer sein soll...‹

Der Rabbi lächelte wohlwollend: ›Eine wohlgesetzte Werbung, ganz im Sinne der *Tora* und des *Talmud*. Das hebräische Wort *Isch*, der Mann, und *Ischa*, die Frau, verbinden sich zu einem der heiligen Namen! Nimmt man aber zwei Buchstaben heraus, bleibt das Wort *Esch* – Feuer. Kein vernichtendes schwarzes *Esch* soll diese knospende Verbindung verzehren. In der *Tora*, Exodus 22,21, steht das Gebot: Witwen und Waisen sollt ihr nicht bedrücken. Mit größter Freude werden wir, meine Frau Perl und ich, die Braut mit allem Notwendigen ausstatten. Ich werde für die Mitgift sorgen, meine Frau für die Aussteuer und das Hochzeitsfest. Ich danke euch Reb, denn der *Talmud* wertet die Vermittlung und Ausstattung der Hochzeit eines mittellosen Mädchens, im besonderen die einer Waisen, als eine der edelsten Handlungen.‹

Ein halbes Jahr später finden wir Perl in ihrer Küche. Sie rührt eifrig in dampfenden Töpfen. Zufriedenes Lächeln glättet das faltige Gesicht, wenn sie an das Brautkleid aus weißer Seide denkt. Ja, das wird eine schöne Braut sein, eine Freude für jeden, der sie sieht. Wenn der Brautzug durch die Gassen zieht, wird jeder seine Arbeit zur Seite legen, und auf die Straße eilen, um das Brautpaar händeklatschend zu bewundern.

Wir Juden bilden eine starke Gemeinschaft, denkt Perl weiter, die sich nicht nur in den Tagen des Kummers beweist; auch die frohen Tage verlangen nach Anteilnahme.

Das Zischen der übersprudelnden ›goldenen Suppe‹, der ersten gemeinsamen Mahlzeit für die Neuvermählten, unterbricht ihren Gedankenfluß. Sie hebt den Deckel an, die andere Hand greift zum Schürzenrand, um die Schweißperlen von der Stirn zu wischen. Dabei fällt Perls Blick auf die noch zu verarbeitenden Lebensmittelberge. Jossele aber sitzt untätig in seinem Winkel und beobachtet jede ihrer Bewegungen.

Die Arbeit scheint nicht abnehmen zu wollen, und morgen ist die Hochzeit. Die Sonne steht schon tief, und der bestellte dicke Karpfen für den ›gefilte Fisch‹ ist noch nicht abgeholt. Auch Äpfel für die Füllung der Gänsehälse hat sie noch nicht besorgt.

Nein, Jossel, nicht schon wieder Jossel, überlegt Perl. Nein, nein! Eine Katastrophe kann sie jetzt wirklich nicht gebrauchen, nein! Aber will ich den Jossele denn Wasser holen schikken? Morgen kommen die Angesehensten der Gemeinde und die Ärmsten, denn an der *Simchat Chatan ve-Kalla*, an der Freude von Bräutigam und Braut, sollen doch alle, alle in der Gemeinde mit Musik, Tanz und Gesang und nicht zuletzt mit gutem Essen ihre Freude haben. Das Bemühen, den Hochzeitstag für das Brautpaar zu einem unvergeßlich schönen Tag zu erheben, ist nicht profan, ist vielmehr die Sprache des Herzens, eine Wohltat. Die Nachbarinnen, die ab heute abend und morgen den ganzen Tag im Hause Löw helfen, damit die Feierlichkeiten wie am Schnürchen ablaufen können, sehen darin keine anstrengende Arbeit, sondern freuen sich über das Privileg, am Gelingen des Festes beteiligt zu sein.

Am Ende dieser Überlegungen richtet Perl sich an den Golem: ›Jossele, auch du kannst helfen.‹

Joseph nickt erfreut.

›Geh' zum dünnen Fischer und hole den von mir bestellten Karpfen ab. Danach machst du dich auf zum Obst- und Gemüsemarkt und besorgst dort saure Äpfel. Halt, ich gebe dir noch zwei beschriebene Papierstreifen mit, einen für den Fischer und einen für die Marktfrau.‹

Der Fischer stand vor seinem Häuschen, in den aufgehängten Netzen mit Flickarbeit beschäftigt. Als er den Diener des Hohen Rabbi von weitem sah, lief er in sein Haus und begrüßte ihn, stolz im Türrahmen stehend, in der rechten Hand ein Prachtexemplar von Karpfen. Der Fisch schnappte aufgeregt zuckend nach Luft.

›*Schalom alejchem*, ist das nicht eine Pfundskerl für das Festmahl?‹ So begrüßte er den Golem. ›Habt ihr kein Netz, keinen Korb oder Sack für den Transport mitgebracht?‹ Der Golem zeigte seine leeren Hände und drückte dem Fischer das Pergament der *Rébezenss* in die Linke.

Auch da stand keine Lösung für das Problem geschrieben. Der dünne Fischer sah sich, in der Linken den Zettel, in der Rechten den zappeligen Fisch, hilflos nach einem Behältnis um. Da schnappte der Golem den Karpfen an der Schwanzflosse und steckte ihn unter seinen Kittel in die Hose. Der Fisch fand bequem Platz in dem weiten Gewand, und der Gürtel verhinderte, daß der Fisch durch ein Hosenbein rutschen konnte. Nur die Flosse schaute aus dem Halsausschnitt.

Diesen Kopfstand empfand der Karpfen nicht angenehm und wehrte sich wild zappelnd. Dabei versetzte er dem Golem mit der Schwanzflosse eine richtige Ohrfeige. Joseph war empört, packte den unverschämten Fisch und warf ihn zur Strafe im hohen Bogen in die Moldau.

Danach eilte er zu Perl in die Küche.

Auf die Frage: ›Wo ist denn der Karpfen?‹ gab der Golem in seiner Gestensprache zu verstehen, daß dieser ihn geohrfeigt hätte, und um den Fisch zu bestrafen, habe er ihn ins Wasser geworfen. Ertrinken soll er!

Perl aber schlug die Hände über dem Kopf zusammen und begann zu zetern: ›Ich hätte es wissen müssen! Ich hätte es wissen müssen!‹

Ehe sich Perl besinnen konnte, hastete Jossele aus dem Haus, um seinen zweiten Auftrag zu erledigen.

Auf dem Obst- und Gemüsemarkt reihte er sich brav bei einem Apfelstand in die Schlange der wartenden Frauen ein. Als er an der Reihe war, übergab er der Marktfrau Perls Zettel. Die Frau nahm grüne Äpfel vom Stapel und füllte sie in eine Tüte, um sie dem Golem zu übergeben. Unzufrieden zog der seine Unterlippe zu einem Schippchen und machte durch Gesten verständlich, daß er mehr Äpfel wünsche. Die Frau füllte noch eine Tüte. Der Golem gab weiter Zeichen, daß ihm diese Äpfel immer noch zu wenig, ja viel zu wenig wären.

Die Frauen hinter ihm machten schon Witze und lachten über den ungelenken stummen Riesenkerl und seine fahrigen Bewegungen. Als er wie ein trotziges Kind mit dem Fuß aufstampfte, mußte auch die Marktfrau loslachen. Jetzt riß dem Golem der Geduldsfaden. Er griff die Frau, hob sie in die Luft und setzte sie in ihren Äpfeln ab. Danach stemmte er spielend den ganzen Obststand auf seine Schultern und spurtete in Richtung Breite Gasse. Die Marktfrau schrie von ihrem Hochsitz aus in höchsten Tönen um Hilfe. Die Menschen liefen zusammen und folgten dem Golem und seiner kreischenden Last. Im Hof des Rabbi Löw setzte der Golem seine Fracht ab, zog die Marktfrau aus den Äpfeln und ordnete flink das Obst auf dem Stand, so wie er es auf dem Markt vorgefunden hatte. Aufgeschreckt durch das Gelächter und Geschimpfe der zahlreichen Zuschauer des Spektakels kam Perl aus dem Haus gelaufen, sah den Obststand und dahinter die krakeelende Marktfrau. Mit Tränen in den Augen rief sie: ›Joseph, geh' jetzt ins Haus und ruh' dich aus!‹

Der Golem schlurfte in die Küche und ließ sich ruhig in seiner Ecke auf der Bank nieder, sehr zufrieden mit der geleisteten Arbeit.

Noch heute, wenn etwas ganz quer läuft, sagen die Prager: ›Das ist ja wie die Geschichte vom Golem mit dem Fisch.‹ Und wenn jemand in Prag mit einer Marktfrau einen Streit anzettelt, fragt man ihn: ›Bist du der Golem vom Hohen Rabbi Löw?‹«

Daniel denkt nach. Schließlich fragt er: »Man darf den Golem also nur gegen Antisemiten einsetzen?«

»Nein«, lächele ich. »Auch gegen Geister oder Gespenster war der Golem eine gute Hilfe.«

»Vielleicht weil er keine Angst haben mußte, vor nichts?« Während ich noch über diese Bemerkung nachdenke, bedrängt der Enkel seine Oma schon wieder: »Oh-oh-ja, eine Grusel-Geister-Golem-Geschichte. Klasse.«

Teufelshunde

Schnell dimme ich die Stehlampe ganz runter. »So, jetzt haben wir nur noch Kerzenbeleuchtung, das ist die richtige Stimmung für eine Gruselgeschichte.«
Daniel setzt sich wieder, nimmt das kleine Sofakissen in die Arme und sieht mich erwartungsvoll an.
»Hoffentlich hast du gute Nerven?«
Daniel nickt, und ich beginne:
»Einige Meilen vor Prag lag eine verlassene, verfallene Burg. Obwohl die Ruine an der Straße lag, welche direkt zur Stadt führte, wählte jeder, ob zu Fuß, im Wagen oder zu Pferd, lieber den Weg, der im weiten Bogen um die Burg führte. War doch die Gegend bei Christen und Juden als Gespenster- und Geisterplatz verschrien.

Von einem großen Spukorchester wurde erzählt, das in klaren Vollmondnächten dort zum Geisterball aufspielte. Andere berichteten von einem Hornisten, der, auf der morschen Wehrplatte des zerfallenden Turmes schwebend, zum Angriff blase. Wieder andere Durchreisende schilderten, immer noch schlotternd vor Angst, wie ein wildes Rudel großer schwarzer Hunde mit feurigen Augen aus dem Gestrüpp der Ruine aufgetaucht sei, um ihren Wagen knurrend zu verfolgen.

Kein Wunder also, daß der Ort als Gespensterruine bekannt war und von allen gemieden wurde.

Eines Nachmittags befand sich ein jüdischer Hausierer, zufrieden singend seinen Handkarren hinter sich herziehend, auf dem Heimweg in die Prager Judenstadt.

Drei Tage war er von Dorf zu Dorf gewandert, um seine Waren anzubieten; jetzt freute er sich auf seine Frau und seine Kinder. Er sah sich schon mit seiner Familie am blankgescheuerten Tisch sitzen und die von seiner lieben Frau versprochenen *Blinsen* genießen. Zur Feier seiner Heimkehr hatte sie ihm die mit gekochtem Fleisch gefüllten, hauchdünnen Eierkuchen versprochen.

Als der Hausierer hoch in den Himmel blinzelte, bemerkte

er am Stand der Sonne, daß es schon viel später sein mußte als gedacht; dazu ballten sich Gewitterwolken bedrohlich zusammen.

›Ach, was soll's!‹ wird der Heimkehrer gedacht haben: ›Ich bin der lustige Michael. Bin jung und kräftig und habe zur Zeit eine Glückssträhne; meine Geschäfte laufen gut, was kann mir schon passieren. Bevor ich naß werde oder gar wegen des Gewitters die halbe Nacht auf dem Boden kauernd verbringen muß, nehme ich den kürzesten Weg.‹

Als die Burgruine vor ihm lag, verdunkelte sich der Himmel. Eiskalter Wind kam auf. Statt des erwarteten Donners hörte der Hausierer ein Ächzen, gefolgt von abgehacktem Hecheln. Plötzlich tauchte ein pechschwarzer Hund, groß wie ein Kalb, aus dem verwilderten Trümmergrundstück auf. Mit gesenkter Schnauze, den Schwanz eingeklemmt, stürmte er knurrend auf den Hausierer zu, blieb unvermittelt vor ihm stehen und fletschte bedrohlich sein Vampirgebiß. Die Nackenhaare angriffslüstern gesträubt, heftete der Höllenhund seine teuflisch lodernden Augen auf den Hausierer. Dann schlich der schwarze Hund dreimal um ihn und den Wagen herum, bevor er unter schauerlichem Geheul wieder im Gestrüpp verschwand.

Der Hausierer stand einige Sekunden wie gelähmt – dann schnappte er seinen Handwagen und rannte nach Hause. Dort angekommen ließ er sich halbtot auf einen Stuhl fallen.

Außer Atem konnte der verängstigte Hausherr nur schleppend von seinem Erlebnis erzählen. Seine gute Frau versuchte ihn zu beruhigen, doch der Schock saß tief. Der Anblick des Hundes mit den Feueraugen ging ihm nicht aus dem Sinn. Im Kopf des Hausierers hämmerten das Geknurr und Gebell, Kopfschmerz verbreitend, weiter. Er ließ seine *Blinsen* stehen und legte sich, von Schüttelfrost geplagt, in sein Bett und fiel sofort in unruhigen Schlaf.

In der Nacht wurde die Familie durch schauerliches Gebell jäh aus ihrem Schlaf gerissen. Das Gekläff kam aus der Kammer des Vaters. Sie fanden den Armen im Tiefschlaf in seinem Bett sitzend, Hundelaute ausstoßend. Der älteste Sohn rüttelte den Alpträumenden wach. Schweißgebadet, mit belegter Stimme erzählte der *Tate*: ›Ich hatte einen schrecklichen Traum. In schwarzer Uniform ritt ich in stockfinsterer Nacht in einem Trupp Soldaten mit. Wir saßen nicht auf Pferden, wir ritten auf schwarzen Hunden. Ein unsichtbarer Trompeter blies zum Kampf. Alle, Hunde und Reiter, fingen schauerlich an zu knurren und zu bellen und zwangen mich, mitzutun. So ging es im fliegenden Galopp vorwärts.‹

Die Frau redete beschwichtigend auf ihren Mann ein: ›Nur dein Fieber, verbunden mit deiner Erinnerung an den streunenden Hund, konnte dir einen solch bösen Traum vorgaukeln.‹ Doch Michael fand keine Ruhe. Nacht für Nacht verfolgte ihn der Alptraum. Am Tag konnte er nur noch an seinen schrecklichen Traum denken und fürchtete sich vor der Nacht. Bald saß er tagsüber, zu nichts mehr fähig, nur noch trübsinnig im Sessel. Die Scham, seine Familie Nacht für Nacht durch sein Gekläff aus dem Schlaf zu reißen, machte ihn krank und kraftlos. Seinen Geschäften konnte Michael vor Erschöpfung nicht mehr nachgehen. Die jüngsten Kinder mieden verängstigt die Nähe des ihnen so fremd gewordenen *Tate*, der stumpfsinnig, ohne jedes Interesse an seiner Umgebung, im Sessel saß.

Die Frau hatte Mitleid und Angst um ihren Mann und grübelte, wie dem Unglücklichen zu helfen sei. Wen konnte sie ins Vertrauen ziehen, wen um Rat fragen? Da kam ihr der Hohe Rabbi Löw in den Sinn. Auf dem Weg zum Haus des Rabbi mußte sich Michael rechts und links auf seine beiden ältesten Söhne stützen, so schwach war der Unglückliche geworden.

Rabbi Löw hörte dem Hausierer genauestens zu. Immer wieder verlangte der Rabbi von ihm, auch das verzweifelste, das dunkelste Gefühl, welches den Befragten während und nach seinen Träumen überfiel, in allen Einzelheiten zu beschreiben.

Nachdem alles gesagt und erzählt war, forderte Rabbi Löw den von Hunden verfolgten Mann auf, ihm seinen ärmellosen, kleinen Gebetsmantel, den jeder orthodoxe Jude von Kindheit an auf seiner Haut trägt, zu zeigen.

Quälend langsam löste der Hausierer den Gürtel, öffnete zitternd die sieben Haken seines *Kaftans* und zog ihn aus. Danach nestelte er die Bänder an der linken Schulter seines *tallit katan* auf und zog das Untergewand mit den vier langen Schaufäden an den Zipfeln, den *zizijot*, über den Kopf und reichte sie dem Rabbi. Der prüfte sorgfältig den *tallit katan*:

›Im vierten Buch Mose 15,37 steht: Sprich zu den Kindern Israel und sag ihnen, sie sollen sich Schaufäden machen an die Ecken ihrer Kleider von Geschlecht zu Geschlecht.

36 mal verknotet sind die *zizit* uns Zeichen der Erinnerung an G'tt und an G'ttes Gebote, denn: Der Ewige sprach zu Mose also: Ihr sollt sie sehen und alle Gebote des Ewigen bedenken und sie erfüllen.

Michael, sieh', an einem deiner *zizit* sind zwei Fäden abgerissen! Weil du deine religiösen Pflichten vernachlässigt hast, müssen deine Engel dich verlassen haben. Du mußt deine vorgeschriebene Kleidung gewissenhaft in Ordnung halten, sonst gehst du ohne Schutz vor dem Bösen durchs Leben. Zuerst bringe deine *zizit* in Ordnung! Danach geh' in die *mikwe* und tauche dreimal in dem lebendigen Wasser ganz unter, so reinigst du deine Seele. Dann komm' wieder zu mir!‹

Als der Hausierer am nächsten Tag ins Haus Löw zurückkehrte, reichte ihm der Hohe Rabbi ein Stück Hirschleder mit der Aufschrift: ›Doch gegen keines der Kinder Israel soll auch nur ein Hund die Zähne fletschen vom Mensch bis zum Vieh...‹ So steht es im zweiten Buch Mose Kapitel 11. ›...denn ihr sollt erkennen, daß der Ewige einen Unterschied zwischen den Ägyptern und den Kindern Israel macht.‹

Der Hohe Rabbi Löw trug Michael auf: ›Das Amulett mußt du abends auf deine Stirn heften! Ferner sollst du sieben Nächte auf der Bank meines Dieners Joseph Golem schlafen. Das ist ein guter Ort, kein Teufelshund wird es wagen, dich bis zu ihm zu verfolgen.‹

Auf der Ruhebank des Golem, den magischen Text auf die Stirn gebunden, fiel Michael Abend für Abend in ruhigen erholsamen Schlaf und wachte erst kurz vor dem Morgengebet wieder auf.

Am siebten Tag übergab der Hohe Rabbi seinem Golem ein Bündel Stroh und einen Zündlappen und befahl: ›In dieser Nacht muß die Ruine restlos verbrennen!‹

Spurlos verschwand die Ruine in den hellen Flammen, die der Golem entfachte. Der Ort hatte aufgehört, ein Ort des Schreckens zu sein! Nie wieder trieb ein böser Geist in der Gegend sein Unwesen. Auch der Hausierer konnte nach sieben Nächten, in denen er tief und ruhig geschlafen hatte, kräftig und gesund nach Hause zurückkehren.«

Daniel wiegt seinen Kopf hin und her: »Na, soviel hat der Golem in dieser Schauergeschichte eigentlich nicht geleistet.«

»Na, na!« protestiere ich: »Nur Übermenschliches. Denn kein Mann, keine Frau hatte und hätte es gewagt, diesen unheimlichen Ort in Flammen untergehen zu lassen, um so die Rache der Geister auf sich zu ziehen.«

»Doch der Golem war wohl gegen Geisterrache immun? Irgendwie brauche ich jetzt Nervennahrung. Tacos zum Beispiel.«

»Tacos aus Maismehl in den Pessachtagen...«

»Natürlich nicht erlaubt, schade«, fällt mein Enkel mir ins Wort.

»Wie wäre es denn mit Kartoffelchips oder Studentenfutter?«

»Oder mit beidem?« versucht es Daniel.

»Na gut, ich trinke jetzt einen Picolo zum O-Saft. Die Tagesschau habe ich wohl verpaßt?«

»Ja«, ruft Daniel aus der Küche und: »Wo sind denn die Nüsse? In der Speisekammer finde ich nur Chips und im Kühlschrank dein Sekt-chen-klein.«

Ich mach die Stehlampe wieder an: »Nüsse sind im Brotschrank.«

»Hab's!« ruft Daniel zurück und kommt mit all den Köstlichkeiten beladen aus der Küche.

Zuerst reißt er die Chipstüte auf, setzt sich mir gegenüber auf das marokkanische Sitzkissen und schraubt den Picolo auf: »Möchtest du ein Sektglas?«

»Nein danke«, lehne ich ab: »ich mixe ja mit dem O-Saft.«

Daniel kaut laut mahlend seine Chips. Dazwischen fordert er eine neue »Golemstory«: »Bitte, nur zur Entspannung der angespannten Nerven vielleicht die Geschichte vom Rabbi Löw, wie er den Golem falsch benutzte?«

»Ach, Daniel«, beginne ich schließlich einzulenken. Er schiebt sich eine volle Ladung Chips in den Mund und sieht mich herausfordernd an.

Doch völlig bedingungslos gebe ich nicht nach: »Bevor ich anfange, ißt du erst einmal noch ein paar von diesen Raschelkartoffeln.«

»Ich höre sofort damit auf, wenn du nur erzählst. Ich glaube, Nüsse mit Rosinen sind nicht so lautes Naschzeug.« Mit diesem Satz reißt Daniel die Tüte mit dem Studentenfutter auf, richtet sich wieder auf seinem Zuhörerplatz ein und wartet. Ich beginne wieder zu erzählen.

Der Golem als Fischer

»Der jüdische Monat *Elul*, der Rüstmonat zu den Hohen Feiertagen, wollte nicht zu Ende gehen. Bevor der Hohe Rabbi Löw in der dunklen Morgenstunde zur *Synagoge* eilte, prüfte er sorgfältig, ob auch alle Fenster im Haus gut verschlossen waren. Regen und Sturm peitschten durch die Straßen. Doch kaum ein jüdischer Mann will, egal was für ein Wetter es auch sein mag, im Monat *Elul* den Morgengottesdienst versäumen.«

»Klar«, bemerkt Daniel, »wird doch in der *Synagoge* das *Schofar* geblasen.«

»Ja, die Töne des Widderhorns sollen uns aufrütteln, daß wir unsere Sünden erkennen und bereuen.«

»Schließlich stehen die hohen jüdischen Feiertage vor der Tür; am Anfang *Rosch Ha-Schana*, unser Neujahr.«

»Richtig, mein kleiner *Rebbe*. Doch unser Jahresanfang ist kein Fest mit Feuerwerksgeknall und ausgelassener Stimmung.«

»Logo, unser Jahr beginnt mit den zehn ›Tagen der Umkehr‹, den Bußtagen, als Vorbereitung auf unseren höchsten Feiertag, *Jom Kippur*, den Versöhnungstag.«

Ich nicke: »Während der Bußtage liegt das ›Buch des Lebens‹ aufgeschlagen vor dem Thron G'ttes. ER richtet oder besser ausgedrückt, ER wiegt die Taten jedes Menschen. Die Sünden legt ER auf die eine Waagschale, die guten Taten auf die andere.«

Daniel kann sich nicht zurückhalten, mir sein Wissen zu beweisen: »Jeder hofft, daß der Ewige seine Sündenschale erleichtert, daß ER sie nach unten drückt. Denn die Guten werden ins Buch des Lebens eingeschrieben. Darum wünschen wir uns an *Rosch Ha-Schana*: ›*Shana towa tikatevu*‹, ›Zu einem guten Jahr mögt ihr eingeschrieben werden‹.«

»Doch kommen wir zurück nach Prag«, fordere ich. Daniel lehnt sich bequem in die Polster zurück. »Du weißt, das ›Haupt des Jahres‹ wollen wir Juden gemeinsam feiern, also bittet man nach dem Abendg'ttesdienst gerne Gäste an seinen

Tisch. Weißt du, warum an *Rosch Ha-Schana* nach der *broche* kein Salz auf den *Berches* gestreut wird, wie am *Schabbat*?«

»Klar, die abgerissenen Brotstückchen werden sogar in süßen Honig getaucht, auch Apfelstückchen gibt es mit Honig. Die Speisen an diesem Tag sollen süßer Balsam für Seele und Gaumen sein. So wünschen wir uns ein süßes Jahr. – Doch ich dachte, du wolltest jetzt mit deiner Geschichte beginnen.«

»Ja. In dem Jahr, als es vor *Rosch Ha-Schana* so heftig regnete und stürmte, sah es aus, als sollte es keiner Prager Jüdin gelingen, Fisch zum Fest zu servieren, wagte sich doch bei diesem Unwetter kein Fischer auf den tobenden Fluß. Der Fischmarkt war, mangels Ware, schon über eine Woche geschlossen.

Welch ein *schlemásel*, ein Festessen ohne den von allen jüdischen Hausfrauen, mit ihrem ganz besonderen Geheimrezept hergestellten *gefilte* Fisch, welch ein *schlemásel*! Nur für das Neujahrsessen verwendete Perl das von ihrer Großmutter überlieferte Rezept für *gefilte* Fisch. Dazu mengte sie Rosinen und Lebkuchen der Fischsülze bei.

In diesem Jahr jammerte Perl in ihrer Küche leise, aber vernehmbar vor sich hin: ›Schon im babylonischen Exil sollen die Israeliten kalte *gefilte* Fisch gegessen haben, nachdem sie an den Strömen von Babylon weinend an ihre Heimat Zion dachten.‹

Der Rabbi wunderte sich? Nein, er konnte sich nicht entsinnen, Derartiges in einem seiner vielen Bücher gelesen zu haben. Da kam ihm der Golem in den Sinn. Kein Wolkenguß, kein Sturm konnte ihm etwas anhaben! Und jüdische Frauen glücklich zu machen und an diesem *Rosch Ha-Schana* fischen zu gehen, um die Familien mit Fisch zu versorgen, nein, das war kein alltäglicher Dienst! Schon rief der Hohe Rabbi: ›Jossele, geh' zum Fluß und fang' ein paar Fische; hier gebe ich dir ein Netz an einer Stange zum Fischen und einen Sack für deinen Fang mit auf den Weg.‹

Der Golem war glücklich, beschäftigt zu werden, warf den Sack über seine Schulter, griff den Kescher, das Fangnetz, und lief aus dem Haus. Es goß wie aus Kannen, doch dem Golem machte das nichts, er sprang vergnügt von Pfütze zu Pfütze.

Kaum war Joseph aus dem Haus, klopfte es an der Tür. Perl

traute ihren Augen nicht; da brachte ein ihnen bekannter Dorf-bewohner einen schönen fetten Karpfen, ein Neujahrsgeschenk für den Rabbiner und seine Familie.

Am Nachmittag wollte Rabbi Löw seinem Golem noch An-weisungen für den morgigen Ruhetag erteilen, doch fand er den treuen Diener nicht auf der Küchenbank. Da fiel ihm ein, daß er ihn schon am Vormittag zum Fischen geschickt hatte.

Er rief seinen alten *Schámess*: ›Chajim, ich habe den Joseph vor vielen Stunden zum Fischen an die Moldau geschickt. Doch er ist noch immer nicht zurückgekehrt. Wahrscheinlich schämt er sich, weil er noch keinen Fisch gefangen hat. Sag' ihm, bitte, er solle mit Fischen aufhören! Er kann auch unbe-sorgt ohne Fische heimkommen, aber er soll sofort nach Hause laufen! Ich verzichte auf die Fische!‹

Abraham Chajim brauchte nicht lange zu suchen, er traf den Golem einsam mitten im reißenden Strom. Auf einem Stein ne-ben ihm stand der Sack voll mit Fischen. Gerade tauchte der Golem das Netz samt seinem Oberkörper ins Wasser, um mit einem zappelnden Fisch im Kescher wieder aufzutauchen. Chajim schrie gegen den Wind an: ›Joseph, der Hohe Rabbi be-fiehlt, du sollst sofort nach Hause kommen! Wenn es sein muß, auch ohne Fische. Der Rabbi verzichtet auf die Fische!‹

Da hob der Golem den Sack, drehte ihn hurtig um und ent-ließ seinen Fang ins tosende Wasser. Auch das Netz leerte er flugs noch aus, bevor er Chajim folgte.

Als der Hohe Rabbi davon erfuhr, lachte er mit seiner *Rébe-zenss*: ›Siehst du, Perl, man darf den Golem wirklich nicht mit profanen Dingen beschäftigen.‹«

»Konnte der Golem eigentlich lesen?« will Daniel jetzt wis-sen und greift wieder in die Chipstüte.

»Wer schreiben kann, wird doch auch lesen können?« gebe ich die Frage zurück.

»Theoretisch schon, aber für den Golem gab es wohl solche Regeln nicht!«

»Doch, der Golem konnte lesen«, stelle ich knapp fest.

»Und woher weiß das meine kluge Oma?«

»Aus einer Legende.«

»Ach, dann erzähl' sie bitte.«

Tag der Versöhnung

»Die ist eine schwierige Geschichte, und sie erfordert Wissen über das jüdische Jahr, über die *Tora* und die feierliche, ernste Stimmung der ›hohen‹ jüdischen Feiertage«, warne ich.

Meinen Enkel schreckt das nicht: »›Wer bewußt nach dem jüdischen Kalender lebt‹, sagt mein Religionslehrer, ›erlebt unsere Geschichte immer wieder neu. So leben wir *jiddisch.*‹«

»Das gefällt mir«, bekenne ich: »Und jetzt verstehe ich auch besser, warum unsere Tage nicht Montag, Dienstag oder Donnerstag heißen. Wir zählen sie 1, 2, 3 bis 6 auf den *Schabbat* hin, dann folgt der Vortag zu *Schabbat,* und jeder *Schabbat* hat seinen eigenen Namen.«

Daniel fällt mir ins Wort: »Ja, nach der Einteilung der 54 Wochenabschitte, wie sie in der *Synagoge* vorgelesen werden. So lesen wir im Laufe des Jahres die ganze *Tora* einmal durch. Der letzte *Schabbat* war *Schabbat Hagadol.*«

»Das wußte ich jetzt nicht«, muß ich zugeben. »Was weißt du eigentlich über die *Sefer Tora*?« will ich nun von meinem religionsgelehrten Enkel wissen.

Der überlegt kurz. »Gut, ein Vortrag!«

Daniel läuft aus dem Zimmer. Kommt mit seinem Käppchen auf dem Kopf wieder zurück, stellt sich hinter den Tisch und schlüpft in die Rolle eines Rabbiners: »Meine Dame, ich freue mich, daß Sie heute erschienen sind, um meinem Vortrag über die Heilige Schrift, den Pentateuch, die fünf Bücher Mose, auf einer Rolle mit der Hand beschriftet, zu folgen. In Schönschrift, fehlerfrei, muß sie der *Sofer,* der Schreiber, auf Pergament mit pechschwarzer Tinte geschrieben haben. Eine heilige Arbeit! In den vielen Monaten seines Schreibens ist sich der *Sofer* bewußt, daß jedes Wort ›Das Wort‹ ist! So als diktiere der Ewige es ihm ganz persönlich.

Abgenutzte oder verschriebene *Tora*-Rollen werden nicht einfach weggeworfen, sondern in einem dafür bestimmten Raum der *Synagoge* verwahrt oder auf unserem Friedhof beerdigt. Denn die *Tora* steht für das Leben. Die *Tora*-Rollen werden in der *Synagoge* im *Aron hakodesch*, der Heiligen Lade, dem Schrein an der Wand, der nach Jerusalem gerichtet steht, aufbewahrt.

Wenn unser kostbarster Besitz, die *Tora*, aus der Heiligen Lade gehoben wird, um feierlich durch die Synagoge zur *Bima*, dem Vorlesepult, getragen zu werden, erheben wir uns alle von unseren Plätzen. Die Männer versuchen, mit ihren Gebetmänteln die *Sefer Tora* zu berühren, um danach den Zipfel Stoff zu küssen. Auf der *Bima* wird die *Tora*rolle liebevoll von dem kostbaren Schmuck, den Kronen, dem Schild, dem bestickten Mantel und den Bändern entkleidet. Nicht mit dem Finger darf der Vorleser die engen hebräischen Buchstabenreihen verfolgen, dazu benutzt er den *Tora*zeiger. Jeden *Schabbat* wird ein neuer *Tora*abschnitt gelesen, bis dann am Tag der *Tora*freuden der letzte der 54 Wochenabschnitte vorgelesen wird, um sogleich wieder mit dem ersten zu beginnen. Denn das Wort des Ewigen ist ohne Anfang und ohne Ende! So auch unsere *Tora*rolle, denn ein Buch kann man zuklappen, doch eine Rolle?«

»Das ist eine schöne Überleitung zu meiner nächsten Geschichte«, bemerke ich: »Jetzt erfährst du nicht nur, daß der Golem lesen konnte, jetzt hörst du auch von einer *Tora*rolle, die sich weigerte, von einem Sünder am *Jom Kippur* in die Heilige Lade gehoben zu werden.

Doch muß ich erst einmal um eine Erzählpause bitten.«

»Gut«, sieht Daniel ein. »Auch ich habe mich ganz schön anstrengen müssen, dir alles, was ich über die *Sefer Tora* gelernt habe, vorzutragen. Also, gönnen wir uns eine kleine Pause, und ich reiche dir eine Zigarette aus der Geheimschublade. Hier, aber dann...«

Kaum habe ich die Zigarette im Aschenbecher ausgedrückt, legt Daniel die Chips zur Seite und wartet.

»An unserem höchsten Feiertag, einem strengen Fastentag, an *Jom Kippur*, beten wir, daß uns unser Lieber Vater im Himmel aus allen IHM gegebenen Gelübden oder gutgemeinten Versprechungen, die wir zu schwach waren einzulösen, gnädig entläßt. Doch zuvor müssen wir uns mit den Menschen versöhnt haben, denn aus Verpflichtungen oder Versprechen, die wir einem Menschen gegeben haben, wird ER uns nicht entlassen. Spätestens in den zehn Bußtagen müssen wir unsere schlechten Taten erkannt haben, um Unrecht vom ausklingenden Jahr wiedergutmachen zu können. Wir müssen uns mit Menschen, die wir gekränkt, beleidigt oder betrogen haben, aussprechen und diese um Versöhnung bitten.

An *Jom Kippur* ist die Himmelspforte geöffnet. Die Gebete aller, auch die der Sünder, steigen empor. Zweimal wird an diesem erhabenen Tag die *Tora*rolle zur Lesung aus der heiligen Lade gehoben.

Nach der zweiten Lesung an *Jom Kippur* im jüdischen Jahre 5347 (1587 n. Chr.) geschah etwas Ungeheuerliches in der Alt-Neu-*Synagoge*. Die *Tora*rolle, welche ein Gemeindemitglied die Ehre hatte, wieder in den *Tora*schrein betten zu dürfen, glitt dem Mann aus den Händen.

Sie fiel mit einem gequälten, langsam verhallenden, seufzenden Knall zu Boden.

Die Versammelten erstarrten. Das war ein böses Vorzeichen. Schrecken erfaßte jeden in der *Synagoge*, die Frauen begannen zu schluchzen.

Auch der Hohe Rabbi Löw geriet in höchste Aufregung, unterbrach den vorgeschriebenen Ablauf des G'ttesdienstes und ordnete für den darauf folgenden *Schabbat* Fasten an. Der letzte *Schofarton* des heiligen Tages suchte klagend seinen Weg zum Himmel. Der *Jom Kippur* war zu Ende. Das *Schofar* würde nun ein Jahr schweigen.

Trotz des langen Fastens, das hinter ihm lag, fand der Hohe Rabbi an diesem Abend keine Freude am festlich gedeckten Tisch. Auch seine zahlreich um den Tisch versammelte Familie stimmte ihn nicht glücklich. Keine fröhlichen Lieder wurden gesungen, keine erbaulichen Geschichten erzählt. Jeder hörte noch den lauten Knall nach dem Sturz der *Tora*rolle erschrocken in sich nachklingen.

Der Hohe Rabbi saß die Nacht lange allein in seiner Studierkammer und betete intensiv; dazwischen rief er immer wieder verzweifelt: ›*masch'ma?*‹ – ›Was kann man folgern?‹ Erschöpft richtete er eine Traumfrage nach Oben. In der Nacht erhielt er eine Botschaft, eine Reihe hebräischer Buchstaben;

doch der Hohe Rabbi konnte keinen Sinn in ihnen lesen. Also folgerte er: ›Das muß eine Buchstaben-Zahlenkombination sein!‹ Doch auch diese Erkenntnis führte ihn nicht weiter.

Er schrieb die Botschaft auf, blätterte in dicken Folianten und fand die Antwort nicht. Da rief er den Golem und zeigte ihm, was er notiert hatte. Ungeschickt stolperte der Golem zum Bücherregal, griff zum *Machsor*, dem Gebetbuch für Festtage, schlug die Seite mit den vorzulesenden *Tora*abschnitten für *Jom Kippur* auf und deutete auf die Stelle: ›Du sollst nicht begehren das Weib deines Nächsten...‹ Jetzt verstand der Hohe Rabbi die Botschaft. Wegen seiner schweren Sünde ›Ehebruch‹ war dem Mann die *Tora*rolle aus den Händen gerutscht.

Der Hohe Rabbi ging in das Haus des Sünders und erzählte von der Botschaft, die er erhalten hatte. Da gestand der Mann weinend seine Schuld und bat den Hohen Rabbi Löw, ihm eine harte Buße aufzuerlegen.

Doch der Hohe Rabbi verneinte traurig: ›Den Betrug an deiner Frau und deinem Freund kann keine Buße wegwischen. Im *Talmud* steht: Von G'tt gehaßt ist er, der das Weib seiner Jugend verstößt. Und weiter: Wenn die erste Ehe aufgelöst werden soll, dann vergießt sogar der Altar Tränen. – Zwei Ehen hast du zerstört, zwei Familien ins Unglück gebracht.‹

So konnte der Hohe Rabbi Löw nur die Scheidungspapiere ausstellen.«

Daniel nagt an seiner Unterlippe: »Das ist schon mehr als eine Frechheit, eine *chuzpe*, den Dienst an der *Tora* anzunehmen, wenn man so gesündigt hat.«

Daniel greift wieder zur Chipstüte, stellt sie aber – ohne daraus zu essen – neben sich auf das Sofa: »Ich frage mich schon die ganze Zeit, wieso du die Golemgeschichten so parat hast? Ich glaube nicht, daß ich in deinem Alter...«

»Also als Grufti...«, lache ich dazwischen.

»Na, du bist doch noch ganz fit!« lacht Daniel zurück: »Aber aus deiner Jugend- oder Kinderzeit kannst du dir die Geschichten nicht so gut gemerkt haben!«

»Du bist schon ein rechter Naseweis. Nein, nicht ganz! Da gibt es ein Geheimnis, und mein Geheimnis soll es bleiben.«

»Dann eben nicht!« Um seinen Ärger – oder seine Neugier –

zu verstecken, stopft Daniel sich jetzt doch den Mund mit Chips zu.

Ich sehe auf die Uhr. Mein Enkel verfolgt meinen Blick und weiß, was die Stunde geschlagen hat: »Nein, es ist erst zehn, und ich will noch nicht ins Bett. Wenn es kein Geheimnis ist, möchte ich noch eine Geschichte hören, vielleicht noch eine Golem-Kriminalstory?«

»Aber dann geht es ab in die Falle! Wir haben genau 22 Uhr 26, und morgen erwartet dich ein harter Einkaufsbummel.«

»Ja«, seufzt Daniel, »das ist mir schon klar, doch zur Stärkung jetzt noch einen Golem-Krimi!«

Giftanschlag

»Ein sehr langer Winter, mit viel Frost und wenig Schnee, ging zu Ende. Die Märzsonne schickte vorsichtig wärmende Frühlingsstrahlen auf vereiste Flächen, der Boden begann zu tauen und wurde matschig.

In den jüdischen Häusern war die geschäftige Zeit des *Pessach*putzes zu Ende, das kleinste Krümelchen Sauerteig entfernt. Der *Seder*teller mit den Bitterkräutern und die *Mazze* standen bereit.

Die Frauen deckten den festlichen Tisch für den ersten *Seder*abend. Die Männer trafen sich zum Gebet in den *Synagogen*. Rabbi Löw schlug das Gebetbuch auf und las laut und fest: ›*U machamitz et ha semanim.*‹

»ER *versäuert* die Zeiten.‹

Die Gläubigen in der Alt-Neu-*Synagoge* erstarrten.

Nach einer langen Schreckensminute schrien alle durcheinander: ›Verrat! – Man plant einen Anschlag!‹

Mit einem energischen *scha-stil* brach der Hohe Rabbi Löw das Geschrei ab: ›Bewahrt Ruhe meine Brüder. Stärkt eure Herzen im Gebet. Ich und unser *Synagogen*diener werden unsere Gebete unterbrechen, bis der Vorfall geklärt ist. Du, Abraham Chajim, lauf' in alle *Synagogen* Prags und melde: Der Feiertag darf noch nicht eingeweiht werden! Auf deinem Weg lauf' in mein Haus und schick den Joseph Golem zu mir hierher in die Alt-Neu-*Synagoge*. In die rechte Hand gebe ihm eine von den heute nachgelieferten, in die linke Hand eine von den anderen *Mazza*.‹

Der alte *Synagogen*diener eilte davon. So kam der Golem schnell in die *Synagoge*, in jeder Hand eine *Mazze*scheibe.

›Iß von der!‹ forderte der Rabbi den Golem auf und deutete auf die linke Hand.

Die Beter murmelten ihre hebräischen Gebete leise vor sich hin, doch jeder beobachtete dabei den seltsamen Diener des Rabbi.

Jossele biß mit großer Freunde in die *Mazze*. Es knackte und krümelte. Man konnte sehen, wie hervorragend die *Mazze* dem Golem schmeckte.

Dann deutete der Hohe Rabbi auf die Scheibe *Mazza* in der rechten Hand.

Der Golem nickte, biß herzhaft zu, zermalmte im Mund den knusprigen Happen. Plötzlich verzog er das Gesicht, preßte die Hände gegen seinen Magen und kam ins Schwanken. Dann sackte er zu Boden, die Augen weit geöffnet auf seinen Meister gerichtet.

Erschrecken und Mitleid strömte aus den Betenden. Löw legte seinem treuen Diener die Hände auf den Bauch und massierte ihn zart und schmerzlindernd: ›Der heute ausgelieferte *Mazzot* ist vergiftet!‹ verkündete der Hohe Rabbi zornig, ›lautet doch der Satz aus dem heutigen Abendgebet: ER *wechselt – umachalif –* die Zeiten. Doch das mir in den Mund gelegte hebräische Wort: *umachamizz – versäuert* hat den Giftanschlag auf unsere Gemeindemitglieder offenbart, hat uns gerettet!

Ist Abraham schon wieder hier?‹

Der *Schámess* löste sich aus dem Knäuel der um den Hohen Rabbi zusammengerückten Männer.

›Geh' in alle Synagogen der Stadt und mache bekannt: Die gestern gelieferten *Mazzot* müssen als das in den *Pessach*tagen verbotene *Chamez –* Sauerteig – betrachtet werden.

Keiner, egal ob Greis oder Kind, darf sie auch nur berühren! Weiter fordere ich alle Männer und Frauen, welche am *Mazzot*backen für die Gemeinde beteiligt waren, zur Klärung des Falles auf, sofort in die Alt-Neu-*Synagoge* zu kommen.‹

Eine halbe Stunde später waren alle jüdischen *Mazzot*bäcker und -bäckerinnen in der *Synagoge*. Keiner konnte sich erklären, wie das Gift in den Teig gerührt worden war. ›Haben euch Fremde beim Backen geholfen?‹ fragte der Hohe Rabbi.

Die Frage wurde von allen verwundert verneint. Da besann sich eine Frau: ›Ja, die beiden rotbärtigen gojischen Bäckergesellen haben uns gestern geholfen. Wie schon all die Jahre zuvor haben sie die Muster in den Teig gerödelt. Doch dieses Jahr waren sie irgendwie aufgeregt und haben immer wieder nachgefragt, ob sie uns nicht helfen dürfen.‹ Die Namen der beiden wußte niemand, nur wo sie wohnten, war bekannt.

›Dann verrichten wir jetzt alle zusammen das unterbrochene Abendgebet; danach geht jeder und setzt sich an seine *Seder*tafel. Die gestern gelieferten *Mazzot* legt beiseite, von den anderen könnt ihr ohne Bedenken essen.‹

So geschah es.

Nur der Hohe Rabbi Löw zog sich mit dem Golem und Abraham Chajim in sein Studierzimmer zurück.

›Jossele, du mußt die Wohnung der Rotbärtigen untersuchen. Findest du etwas Auffälliges, Giftiges, bringe es sogleich zu mir.‹

Der Golem nickte und drehte sich schon eifrig um.

›Halt, geh nicht ohne dein Amulett, du sollst von niemandem gesehen werden.‹ Mit diesen Worten hängte der Hohe Rabbi Löw dem Golem den Hirschfellanhänger um, und schon war dieser verschwunden.

In der Wohnung der Rotbärtigen hatte der fahndende Golem Glück. Niemand war zu Hause. So konnte er in aller Ruhe Schubladen und Kästchen durchsuchen. Schnell wurde er fündig. In einer Schachtel fand er ein Glasröhrchen mit einem Rest von weißem Pulver. Das brachte er dem Hohen Rabbi. Löw zog vorsichtig den kleinen Korken aus dem Reagenzglas, roch kurz daran und gab das Röhrchen dem Golem zurück: ›Das hast du sehr gut und schnell erledigt‹, lobte der Rabbi: ›Jetzt bringe das Glas wieder an seinen Platz zurück!‹

Der Hohe Rabbi und Abraham Chajim gingen auf direktem Weg zur Wache, um Anzeige zu erstatten.

Unterwegs trafen sie die beiden Rortbärtigen. Betrunken schwankten sie durch die Gasse.

›*Gut jontew*‹, rief ihnen der Hohe Rabbi zu.

Die Angesprochenen stutzten kurz, glaubten sie doch, alle Juden der Stadt lägen schon vergiftet in ihren Stuben. Dann antworteten sie: ›Ja, schönen Feiertag.‹ Die Worte des Rabbi konnten sie verstehen, gingen sie doch seit Jahren in den Häusern von Juden ein und aus.

Dann sahen die Bäcker dem Rabbi und seinem *Schámess* kopfschüttelnd nach, sahen wie diese zur Stadtwache gingen. Doch mit ihrer Tat brachten die Rotbärtigen den Besuch der beiden Juden auf der Wache nicht in Zusammenhang. Sie fühlten sich sicher und schwankten, Lieder grölend, nach Hause. Eine Stunde später fand die Polizei die Betrunkenen laut schnarchend in ihren Betten. Die Polizisten hatten Mühe, die beiden wachzurütteln. Ein Polizist hielt den Bäckergesellen triumphierend das Reagenzglas mit dem Giftrest unter die Nase. Wie wehrten sich die beiden gegen ihre Festnahme, verteilten Kinnhaken und versuchten zu fliehen. Doch die Wachen legten ihnen schwere Ketten an und führten sie zum Verhör. Das Giftröhrchen nahmen sie als Beweisstück ›A‹ mit zur Wache.

Vor dem Hauptmann jammerten die beiden, brachen in Tränen aus, schlotterten vor Angst am ganzen Körper und klapperten mit den Zähnen.

Erst als der Hohe Rabbi Löw in die Amtsstube trat, gestanden sie: ›Wir sollten, nein, mußten Gift in das Judenbrot gießen! Der Bischof Taddäus hat es uns gegeben und befohlen, es unter das Judenbrot zu mischen. Nur wir könnten die Wohltat für die Christenheit besorgen und die Judenbrut vergiften! Besonders sollten wir darauf achten, daß in das Haus des Zauberrabbiners Löw von der vergifteten *Mazze* geliefert wurde. So haben wir das Giftpulver in einem unbeobachteten Moment unter das Mehl gerührt. Doch uns kamen Zweifel; sind wir von den Juden doch immer gut behandelt worden und haben guten Lohn für unsere Arbeit bekommen. So haben wir es nicht über's Herz gebracht, das ganze Gift aus dem Glas von Taddäus in den Teig zu schütten.‹

Der verhörende Amtmann sah ungläubig auf den festgeklebten winzigen Rest auf dem Glasboden.

Als am Morgen eine Gruppe Wachsoldaten in der Judenstadt von Haus zu Haus lief, erschraken die Bewohner und glaubten an ein bevorstehendes *Pogrom*. Doch die Soldaten sammelten nur die vergifteten *Mazze* als Beweisstücke ein. Die beiden Bäckergesellen wurden zu je fünf Jahren Kerker verurteilt. Taddäus konnte nichts Konkretes nachgewiesen werden, und es kam zu keiner Anklage gegen ihn. Dennoch, der Kardinal muß an die Mitschuld geglaubt haben, denn er verbannte den Bischof Taddäus für immer aus Prag.

Für die Juden der Stadt brachen damit ruhige Zeiten an.«

Daniel wiegt seinen Kopf hin und her: »Und der Golem konnte Rentner werden! Wie alt ist er denn geworden?«

»Alt? Rentner?« wiederhole ich nachdenklich: »Nein, so kann man es nicht sagen. Das Ungewöhnliche an einem Golem ist ja, daß er nicht altert, sondern Jahr für Jahr größer und kräftiger wird...«

»...und somit auch gefährlicher«, nimmt Daniel meinen Faden auf: »Oma, du hast ja von dem Wunder*rebbe* in Polen erzählt, der unter der Last seines Golem sterben mußte. Der Golem des Rabbi Löw ist doch auch wütend geworden und hat im Getto alles zerdeppert. Wie ging es denn weiter mit ihm?«

»Ungefähr zehn Jahre muß der Jossel Golem in Prag gelebt haben. Die Ritualmordbeschuldigungen in Prag schienen Vergangenheit, die Beziehungen zwischen Christen und Juden entspannten sich.«

»Dank Rabbi Löw und seinem Golem.«

»Richtig! Und der stumme Wächter wurde nicht mehr gebraucht.«

»Aber von allen geliebt!«

»Nein! »

»Nein?«

»Der Hohe Rabbi Löw wurde geachtet und von vielen Menschen in der Judenstadt auch verehrt und geliebt. Doch gegenüber seinem seltsamen Diener, den die Prager Juden einst stolz ihren geheimnisvollen Beschützer genannt hatten, entwickelten sie jetzt eine ängstliche Scheu. Wer dem Koloß in den Gassen begegnete, wechselte schnell die Straßenseite oder flüchtete in sein Haus.«

»Und der Golem?«

»Döste jetzt tagsüber meistens gelangweilt auf seinem Lieblingsplatz vor sich hin. In den Nachtstunden aber unternahm er immer noch seine Wachrunden. Doch waren seine Schritte schleppend geworden, ohne Eile, ohne Elan.

Tagsüber, wenn der Golem still auf seiner Küchenbank saß, wirkte der Riese schlaff, ja traurig. Nur wenn der Hohe Rabbi Löw sich zu ihm setzte, blitzten seine Augen in dem bekannten durchsichtigen Grün auf.«

»Und dann ist er ausgeklinkt«, meint Daniel.

»Ja und nein. Ein Golem kann sich ja nicht entscheiden, nur falsch...«, während ich noch die richtigen Worte suche, hilft mir Daniel: »...falsch programmiert werden. Oma, erzähl' doch noch, wie der Golem in Wut kam.«

»Solltest du nicht ins Bett gehen?« frage ich verschmitzt.

»Von ›wollen‹ kann nicht die Rede sein, nur von ›sollen‹«, frotzelt Daniel zurück. »Doch jetzt erzähl' mir bitte noch, wie der Golem ausflippte. Ja?«

»Aber dann geht es ab, in die Falle!«

»Versprochen!«

Der Golem wütet

»Um seine Eltern zu besuchen, reiste Rabbi Löws einziger Sohn, Rabbi Bazelel Charif, per Schiff mit seiner Familie aus Köln in seine Vaterstadt Prag.

Die kleine Eva hatte die beschwerliche Reise, bei naßkaltem Herbstwetter, nicht gut überstanden und lag schwerkrank im Schlafzimmer der Großeltern. Der besorgte Großvater saß stundenlang am Bett seiner geliebten Enkeltochter. In dem verdunkelten Zimmer betete er, erzählte seiner Enkeltochter schöne Geschichten und wechselte immer wieder die naßkalten Wadenwickel, um das Fieber zu senken. Doch die Kleine atmete nur flach und schwach und lag wie tot in ihren weißen Laken.

Auch am Freitagnachmittag saß der Großvater, sorgenvoll alles vergessend, am Krankenbett, bis es Zeit war, in die *Synagoge* zu gehen, um den *Schabbat* einzuweihen.

Ja, alles vergessend!

Auch seinen lieben Josef Golem!

So behielt der Golem an diesem *Schabbat* sein belebendes *Sch'em* unter der Zunge und kam nicht zur Ruhe.

Im Gegenteil, er öffnete die Lippen, zog Grimassen, als wollte er sprechen, dann begannen seine Muskeln, von ruheloser Kraft getrieben, unkontrolliert zu zittern und zu zucken. Schließlich sprang er von der Bank und lief rastlos in der Küche hin und her.

Als Perl in der guten Stube die *Schabbat*lichter ansteckte und die *broche* sprach, prallte das harmonische Leuchten der *Schabbat*ruhe gegen die angestauten Kräfte im Lehmkörper des Riesen. Der Golem brach in zerstörerische Raserei aus. Er stürzte aus dem Haus, ohne die Türen zu öffnen, – er trat sie einfach aus dem Türrahmen. Dann hetzte er durch die Gassen, pflückte Ladenschilder samt Steinen aus ihren Verankerungen, warf mit allem um sich, was ihm in die Hände fiel. Scheiben gingen klirrend zu Bruch. Frauen schrien aus Angst vor dem rasenden Riesen. Der riß gerade eine fünfzigjährige Eiche samt ihren Wurzeln aus, drehte den Baum um und benutzte ihn als Besen. Alles kehrte er kurz und klein. Abgestellte Handwagen warf er um oder ließ sie ziellos davonrollen.

Dann tölpelte er wieder nach Hause, um dort, von Zerstörungswut getrieben, die Möbel aus den Fenstern zu werfen und alles zu zerschmettern und zu zerstampfen, was ihm in die Quere kam.

Als der Golem im Haus tobte, rannten einige mutige Frauen in die Alt-Neu-*Synagoge*, rissen die Tür auf und schrien: ›Reb Löw, euer Joseph Golem ist *meschugge* geworden. Er wütet durch die Straßen, macht *zores,* und wenn er alles kurz und klein geschlagen hat, wird er sich an uns vergreifen, wird uns aus den Fenstern und durch die Luft werfen. Hilf uns!‹

Der Hohe Rabbi hörte durch die geöffnete *Synagogen*tür Angstgeschrei und splitterndes Holz.

Was konnte er tun?

Der dritte Stern am Himmel hatte sich gezeigt. Zuhause hatten die Frauen die *Schabbat*lichter angezündet. In den *Synagogen* hatten die Versammelten angefangen, das Psalmlied für den *Schabbat*empfang, Psalm 92, anzustimmen. Jetzt war sie da, die liebliche Braut *Schabbat,* und jede Arbeit war verboten, auch Befehle zu geben! Wie Blitze zuckten die Gedanken dem Maharal von Prag durch den Kopf: ›...doch die *Schabbat*ruhe ist eine Einrichtung, die den Menschen zugute kommen sollte...‹, schreibt die *Tora.* Unsere alten Meister lehrten: ›Man sei am *Schabbat* um Lebensrettung besorgt...‹ Der Hohe Rabbi Löw hastete aus der *Synagoge* und schrie durch den Lärm: ›Beruhige dich, Golem! Gehe ins Haus und ruhe dich aus, bis ich dir einen neuen Auftrag erteile!‹ Kaum hörte der Golem die Anweisung des Hohen Rabbi Löw, hielt er inne. Die zum Schlag gegen eine Tür erhobene Axt fiel ihm einfach aus der Hand. Er trottete nach Hause in die Küche, setzte sich auf die Bank und ließ den Kopf auf seinen Brustkorb sinken. Zufrieden ruhte er wie immer nach getaner Arbeit.

Der Hohe Rabbi Löw ging in die *Synagoge* zurück und stimmte mit den Versammelten den unterbrochenen Psalm 92 neu an. Der Hohe Rabbi, sein Schwiegersohn Rabbi Jizchak und sein Freund und Schüler Reb Sasson traten danach gemeinsam den Weg zum Hause Löw an, um am feierlichen *Schabbat*tisch Perls Platz zu nehmen. Jeder der drei Männer war in seine eigenen Gedanken vertieft. So gingen sie stumm nebeneinander her, bis Rabbi Löw ihnen seine Überlegung anvertraute:

›Freunde, wir dürfen den heutigen Abend nie vergessen; mußten wir doch erleben, selbst der vollkommenste Golem, nur in die Welt gerufen, um uns zu schützen, kann, wenn er nicht im Namen des Ewigen, der ihn aufstehen und wandeln ließ, wenn er nicht in SEINEM Namen behutsam in Ordnung gehalten wird, durch seine ungeheuerlichen Kräfte plötzlich großes Unheil anrichten. Ja, seine Kräfte wachsen über alles Maß! Er könnte in seinem blinden Walten sogar die Welt zerstören.‹

Nach dem *Schabbat*mahl erzählte der Hohe Rabbi Löw den an seinem Tisch Versammelten von der Schöpfungsvorstellung in den *Midrasch*-Anthologien:

›Aus den feinsten Teilen der Erde,

aus dem Klarsten der Erde,

dem Vorzüglichsten der Erde,

aus dem Feinsten der Erde,

schuf ER ihn...

In der ersten Stunde, da G'tt den ersten Adam schuf, schuf er ihn als Golem, als Erdwesen ohne *nefesch chaja*, ohne lebendige Seele, vom Anhauch G'ttes noch nicht getroffen. Ausgestreckt lag er da von einem Ende der Welt bis zum anderen. G'tt faßte die Kräfte des ganzen Universums in jenem kosmischen Riesen zusammen. Jeder Golem aber sehnt sich unbewußt in seine Urgestalt zurück und wächst so ins Unermeßliche.

In unserer Heiligen Schrift findet unser aller Golem im Psalm 139, Abschnitt 16, Erwähnung:

Meine Keimform haben Deine Augen gesehen.

In DEINEM Buche wurden alle eingeschrieben.‹

Jetzt stolperte die kleine Eva verschlafen aber fieberfrei zu den Erwachsenen. Da stand sie verblüfft und blaß in dem Tohuwabohu der ramponierten Möbel.

Als sie die brennenden *Schabbat*lichter sah, klatschte sie vor

Freude in ihre Händchen und rief halb fragend: ›*Schabbat Schalom*!? *Schabbat Schalom*!‹

Seit diesem *Schabbat* ist es in der Alt-Neu-*Synagoge* Brauch, jeden Freitagabend den Psalm 92 zweimal hintereinander zu beten.«

Das Ende des Golem

Daniel ist sehr nachdenklich: »...und jetzt mußte der Golem sterben?«

»Sagen wir, seine Zeit war gekommen.«

»Das ist doch ungerecht«, wendet Daniel ein: »Der Golem mußte auch die Chance bekommen, sein Leben zu genießen und sich an den ruhigen Zeiten der Prager Juden zu freuen.«

»Aber, Älterwerden und Ruhen liegt nicht in der Natur eines Golem, im Gegenteil«, gebe ich zu bedenken. »Der Hohe Rabbi hingegen wurde älter, und wie du gehört hast, auch vergeßlicher, sein Golem jedoch jeden Tag größer und stärker. Vielleicht war das Toben des Golem dem Maharal Miprag ernste Warnung. War er schon zu alt, um die täglich wachsenden Kräfte des Golem zu zügeln? Wer konnte mit dem Hohen Rabbi Löw die Verantwortung für den Golem teilen oder sie ihm abnehmen? Nur wenige Auserwählte in der Prager Judenstadt verstanden das Wesen des Scheinmenschen. Der Hohe Rabbi Löw mußte handeln, mußte Abschied nehmen von seinem treuen Diener, mußte helfen, daß der Golem zu seinem Element Erde zurückfinden konnte.

An einem Sonntag saßen Löw, sein *Eidem* Jizchak und sein alter Schüler Jakob Sasson im Studierzimmer des Hohen Rabbi Schulter an Schulter beieinander, die Gesichter ernst und traurig.

Der Hohe Rabbi erläuterte: ›Ein Jegliches hat seinen Ort und seine Zeit. Mit unserem Golem war es uns vergönnt, viel Unheil von der Prager Judenschaft abzuwenden, viele jüdische Leben zu retten. Jetzt haben sich seine Aufgaben erfüllt. Doch ein Golem kommt nicht alleine aus der Welt. Wir drei haben ihn ins Leben gerufen, wir drei müssen jetzt helfen, daß Lehm wieder zu Lehm werden kann, daß der Golem zu seinem Element Erde zurückfindet. Morgen in der dunklen zweiten Stunde werden wir sein Schicksal erfüllen.‹

An jenem Tag ging der Hohe Rabbi Löw mit dem Golem durch die Gassen der Judenstadt. Der Maharal Miprag war majestätisch hochgewachsen und schlank. Trotz seines hohen Alters schritt er aufrecht, Respekt einflößend. Der muskulös gebaute Golem an seiner Seite überragte den Rabbi jetzt schon fast um eine Kopfhöhe, doch der Gang des Riesen wirkte schwer und unbeholfen. Wo immer die beiden vorbeikamen, verebbte der geschäftige Lärm der Gasse. Die Menschen wichen scheu zur Seite oder schauten verschämt auf ihre Fußspitzen. Wer es wagte, den beiden einen Blick nachzuschicken, konnte sehen, daß der Schatten des Golem und der Schatten des Rabbi zu einem Riesenschatten zusammenschmolzen.

In der zweiten Stunde, wenn die Finsternis der Nacht die Geheimnisse bewahrt, stiegen drei Männer, in ihre Gebetsmäntel gehüllt, die Treppe zum Dachboden der Alt-Neu-*Synagoge* hinauf. An der Spitze Rabbi Jizchak mit einer Ölfunzel, die nur schwaches Flackerlicht auf die ausgetretenen Stufen warf. Ihm folgten scheu Jakob Sasson und der Hohe Rabbi. In der obersten Dachkammer ruhten die alten, nicht mehr zum Gebrauch geeigneten *Tora*rollen, zerlesene Gebetbücher, *Tora*mäntel oder vergilbte *Tora*vorhänge. Auf einem der Häufchen hatte der Golem seinen Kopf gebettet und lag ausgestreckt auf dem Boden. Rabbi Löw beugte sich über ihn und nahm ihm den Pergamentstreifen mit dem belebenden *Sch'em* aus dem Mund.

›Als wir den Golem erweckten, standen wir zu seinen Füßen, heute stellen wir uns an seinen Kopf, denn heute muß alles in umgekehrter Ordnung getan werden.‹

Nach der Anweisung des Hohen Rabbi stellten sich die drei Männer an den Kopf des Golem. Diesmal sprachen sie langsam und leise, in umgedrehter Buchstabenfolge, die hebräischen Worte aus der Schöpfungsgeschichte. Da schloß der Lehmmensch seine Augen.

Dann ging der Hohe Rabbi ernst und steif an sein Werk, die geheime Buchstabenkombination für das Element *ruach* rückwärts aufsagend. Dabei umkreiste er flüsternd siebenmal von links nach rechts, also in entgegengesetzter Richtung wie in der Nacht der Erschaffung, den Körper des Golem. Der Golem hörte langsam auf zu atmen.

Jetzt folgte Jakob Sasson mit seinen Umrundungen, dabei

rezitierte er die Formel für *majim*. In dieser Nacht in umgekehrter Reihenfolge und Richtung. Der Golem verlor das Element Wasser, die Haut wurde grau wie trockener Lehm. Als letzter entzog Jizchak dem Lehm das Element *esch*. Ohne die Gewalt des Feuers lag nur noch zerfallener, unförmiger Lehm auf dem Boden. Der Hohe Rabbi wickelte die leblose Erde in zwei alte Gebetsmäntel und begrub die Überreste des Golem unter den alten *Tora*rollen und Gebetbüchern, die seit vielen hundert Jahren auf dem *Synagogen*dachboden ihre Ruhestatt gefunden hatten.

Bevor die Männer den Dachboden verließen, sammelte der Hohe Rabbi die Kleidung des Golem behutsam auf. Am Morgen übergab er die Kleidungsstücke seinem *Synagogen*diener Abraham Chajim mit der Bitte, diese unauffällig zu verbrennen.

Der Golem war nicht mehr!

Oder befindet er sich doch noch auf dem Dachboden der Alt-Neu-*Synagoge*?

Kaum einer schien den *schámess* des Hohen Rabbi zu vermissen. Wenn jemand nach dem Verbleib des eigentümlichen Riesen fragte, antwortete Löw: ›In dunkler Nacht war er zu uns gekommen, in dunkler Nacht ist er von uns gegangen.‹ Die einfachen Menschen übersetzten sich den Satz: ›Ein *meschuggener*, ein Verrückter, war er schon, dieser Joseph Golem, ein Vagabund, jetzt ist er weitergezogen, um andere *Jidden* zu erschrecken.‹

In den Prager Gassen sangen die Bänkelsänger:
Rasend wurde einst der Joseph Golem,
Diener des berühmten Rabbi Löw,
der die Zaubersprüch' versteht.
Hei, der Kerl riß Bäume aus,
Häuser schmiß er in die Wolken,
schleudert Menschen durch die Lüfte.
Heida, Hopsa, was für Sprünge,
alle schreien nach dem Rebbe.
Der befiehlt nur, Golem schlaf!
Ruhe hat seitdem die Stadt
vor des Judendieners Muskelkraft.

Der Oberrabbiner Löw ließ in allen *Synagogen* Prags bekanntgeben: ›Künftig können die Überreste heiliger Gerätschaft nicht mehr auf den Dachboden der Alt-Neu-*Synagoge* zur Aufbewahrung gebracht werden. Der Raum muß ab heute für alle Zeiten verriegelt und verschlossen bleiben. Ab heute darf niemand, niemand mehr den Raum betreten!‹ Seinem *Eidem* und seinem Freund Jakob Sasson gestand er: ›Nur so können wir hoffen, daß kein Überneugieriger sich traut, den Golem zu suchen oder gar eines Tages neu zu beleben. Nicht nur der Wundergläubige bringt sich so in Gefahr, nein, alle Juden in Prag könnten schweren Schaden erleiden. Möge unser Golem für immer ruhen! Ja, möge er ruhen bis zum Tag des großen Erwachens, denn der Golem hat einen Anteil am ewigen Leben und wird am Ende aller Geschlechter auferstehen.‹«

Nach einer kurzen Pause fragt Daniel nachdenklich und leise: »...und keiner hat, bis heute, nach den Überresten des Golem gefahndet?«

»Doch leider, aber keinem ist es bekommen, sich dem Befehl des Maharal Miprag zu widersetzen.«

»Wie? Nicht bekommen?«

»Die Chronik berichtet von dem Prager Oberrabbiner Ezechiel Landau. Angetan mit Gebetsriemen, in seinen großen Gebetsmantel gehüllt, wagte er die Treppen zu der verbotenen Kammer emporzusteigen. Seine Schüler habe er angehalten, in dieser Stunde Psalmen zu beten, bis er wieder zu ihnen zurückkehre. Nach kurzer Zeit stand der Rabbiner wieder unter seinen Anhängern. Diese bedrängten ihn von allen Seiten mit Fragen, bis die Neugierigen bemerkten, daß ihr Lehrer vollkommen durcheinander war. Keine ihrer Fragen konnte oder wollte er beantworten; nur das strikte Verbot, den Raum zu suchen oder gar zu betreten und so die Ruhe des Golem zu stören, wiederholte er eindringlich.

Um 1880 muß ein Dachdecker, der wohl zu neugierig nach dem Golem Ausschau hielt, vom Dach der Alt-Neu-*Synagoge* gestürzt sein. Der bekannteste Golem-Spurensucher aber ist wohl der Journalist Egon Erwin Kisch. In einer Reportage, geschrieben um 1920, berichtet er von seiner Suche nach dem Golem. Es war ihm geglückt, einen Schlüssel zum Dachboden der *Synagoge* zu erhalten und die Erlaubnis, über das Dach zu steigen, um so die Tür zu erreichen. Im Inneren der *Synagoge*, war ihm versichert worden, führe keine Treppe zur Dachkammer. Unter den Augen staunender Passanten kletterte Kisch die eiserne Feuertreppe hoch auf das Dach. In einer Nische entdeckte er eine Tür, für die der Schlüssel paßte. Der Journalist stand mitten in einer Gebirgslandschaft aus Steinen. Eine Fledermaus schaukelte über ihm, im Kopfstand, an einem Balken hängend. Durch Geröll, dicke Staubschichten, Spinnweben mußte sich der Reporter kämpfen. Dann sah er von fern eine Reihe unzugänglicher Wölbungen voll Geröll. Das mochte fraglos die ideale geheime Begräbnisstätte des Golem sein. Wollte man hier versuchen, ihn auszugraben, stürzte wohl die ganze *Synagoge* ein.«

»Der Journalist ist aber ohne Schaden von seiner Expedition zurückgekehrt?«

»Ja. Er versicherte auch, daß ihm seine Kletterpartie keine Bekanntschaft mit dem Golem vermittelt hätte.«

»Das war wahrscheinlich sein Glück!«

»Wahrscheinlich! Doch er antwortete auf die ihm mit ironischem Unterton gestellte Frage des *Synagogen*dieners: ›Haben Sie etwas gesehen?‹ mit den Worten ›Es war sehr interessant!‹ Das denke ich auch, Daniel und jetzt gehen wir endlich...«

Mein Enkel läßt mich nicht ausreden: »...noch nicht ins Bett. Ich muß noch wissen, wie lange der Hohe Rabbi Löw den Golem überlebt hat? Und ob es nach dem Golem noch wundersame Geschichten gibt, die der Hohe Rabbi Löw...«

»Halt!« unterbreche ich jetzt Daniel: »Vielleicht sagt dir, mein lieber Enkel, ein Blick auf die Uhr, was die Stunde geschlagen hat, und ich, deine Oma, sage dir gute Nacht.«

»Tatsächlich, schon fast Mitternacht – Geisterstunde, doch ich werde nicht schlafen können, bevor ich nicht alles über den Hohen Rabbi erfahren habe?«

»Dann wirst du nie mehr schlafen, denn alles werden wir über diesen geheimnisvollen Rabbiner nie erfahren.«

»Aber wie lange er gelebt hat!«

»Bis 1609.«

»Und Perl?«

»Schluß, jetzt gehst du in dein Bett, dann erzähle ich dir noch die wundersamen Ereignisse um den Tod des Hohen Rabbi Löw.«

»Und danach darfst du deinem Enkel einen Guten-Nacht-Kuß geben, denn in zwei Monaten wird er als Mann in die jüdische Gemeinschaft aufgenommen, und dann ist Schluß mit solchen Scherzen.«

»Das werden wir erleben.«

»Jawohl, da müssen wir durch.«

Im Badezimmer gurgelt Daniel beim Zähneputzen eine mir nicht bekannte Melodie.

Nur ein Tautropfen

Daniel boxt sein Kopfkissen zu einer Rückenstütze zurecht, setzt sich ins Bett, drückt seine Bettdecke an sich und ruft nach mir. Ich setze mich zu ihm auf die Bettkante. Daniel ist immer noch hellwach:»Wie lange hat der Hohe Rabbi den Golem überlebt?«

»So an die zehn Jahre, sagt man.«

»Und Perl ist auch so alt geworden, fast hundert?«

»Perl war ja jünger als ihr Mann und starb vor ihm. Nach dem Tod seiner lieben Frau ging der Hohe Rabbi nur noch selten aus dem Haus. Wer dem hochgewachsenen, alten Mann mit weiß gewordenem Kraushaar, den langen *Péjes* und dem wehenden Vollbart auf der Gasse begegnete, nannte sich froh. Wer gar einen zärtlichen Blick des Hohen Rabbi Löw erhaschte oder sein freundliches ›Schalom‹, nannte sich glücklich.

Zu Hause saß der Hohe Rabbi viele Stunden an seinem Schreibtisch. Unermüdlich tauchte er den Gänsefederkiel in dicke schwarze Tinte, um sein Wissen und seine Erkenntnisse schreibend festzuhalten, dabei ganz dem *talmudischen* Grundsatz folgend: Lehre alles, was den Menschengeist beflügelt. Und: Wer nur lernt, ohne sein Wissen weiterzugeben, verachtet die Wissenschaften. Auch seinen Weg, seine Lebensphilosophie wollte Löw schreibend weitergeben: ›Alles Wissen, jede Erkenntnis und alle Weisheit dürfen den Menschen nur dazu dienen, gute Taten zu vollbringen.‹ Weiter beseelte den Hohen Rabbi die Aufgabe, den ›modernen‹ Juden seiner Tage den schweren Weg zwischen Alltag, Leben und Lehre als religiöse Minderheit in der *Diaspora* finden zu helfen.«

Daniels Augen sind jetzt schon ein bißchen kleiner, doch er denkt noch mit:»Das sind die gleichen Probleme wie heute.«

»Ja, dieser Drahtseilakt ist heute so aktuell wie damals. Aus den vielen überlieferten Geschichten und den Schriften des Rabbi Löw wird klar: Seine Wege waren bestimmt von Menschenliebe. Nie verlor er die Geduld oder doch... Die schreckliche Pestseuche wütete erneut in Prag. Diesmal mordete die

Epidemie ohne Unterschied Kinder, Männer, Frauen und Greise in den Häusern der Juden und der Christen. Dunkle Erinnerungen an die schrecklichen Tage der Kinderpest trieben den Hohen Rabbi in einer hellen Vollmondnacht aus dem Haus. Obwohl es schon zur zwölften Nachtstunde geschlagen hatte, herrschte keine Ruhe. Der Pestwagen mit seinem gedämpften Geläut war 24 Stunden unterwegs, um die Leichen einzusammeln. Aus fast jedem Haus drang leises Weinen oder lautes Wehklagen.

In den Fenstern des Gettos zeigten die kleinen Seelenlichter an, wie viele der Todesengel schon aus den Reihen der Menschen gerissen hatte.

Der Hohe Rabbi Löw lief wie in Trance. Sein Gang führte ihn zum jüdischen Friedhof.

Die Totengräber waren sogar jetzt, mitten in der Nacht, bei Fackelschein bei der Arbeit, die Stunden des Tages reichten dazu nicht mehr aus. Zu viele neue Gräber mußten ausgehoben werden. Der Rabbi sah sich entsetzt in dem regen nächtlichen Treiben um. Da blieb sein Blick an einem langen Schatten an der Friedhofsmauer hängen. Gerade als der Rabbi zu erkennen versuchte, ob dieses Bild eine Einbildung seiner angespannten Nerven sei oder doch ein Mensch im schwarzen Gewand, drehte die Gestalt sich ihm zu.

Unter der schwarzen Kapuze halb versteckt, wurde ein furchterregend bleiches Gesicht mit rot geränderten Augen im fahlen Mondlicht sichtbar. Ohne seinen starren Blick vom Hohen Rabbi zu wenden, rollte das Unfaßbare einen langen Pergamentstreifen zwischen seinen skelethaften Händen ab. Der Rabbi trat näher, da deutete das Gerippe mit dem Zeigefinger auf das Pergament. Den Rabbi überzog Gänsehaut, das Pergament war eng mit Namen beschrieben. Auf seinem Namen, auf Rabbi Jehuda ben Rabbi Bezalel, ruhte der dürre Finger.

Einer plötzlichen Eingebung folgend entriß der Hohe Rabbi Löw dem Todesengel die Pergamentrolle. Der seufzte, wie von schwerem Schmerz getroffen, auf.

›Dich werde ich nicht vergessen!‹, drohte er dem nach Hause rennenden Rabbi hinterher.

Zu Hause las Rabbi Löw die Namen all der Menschen in

Prag, die noch in den nächsten Tagen sterben sollten, und auch sein Name stand auf der Liste. Entsetzt hielt der Rabbi das Papier über die brennende Kerze, verfolgte, wie das Feuer die Namen verzehrte. Dann zerrieb er die Asche zwischen seinen Fingern, öffnete das Fenster und übergab die Reste dem Nachtwind, der sie in alle vier Himmelsrichtungen verstreute.

In dieser Nacht zog die Pest sich aus Prag zurück, das große Sterben hörte auf.

Der Hohe Rabbi Löw wußte, daß der Todesengel ihn nicht vergessen konnte! Doch der Maharal Miprag hatte noch viel zu tun. Deshalb achtete er sorgfältig auf jede Annäherung des dunklen Engels und wich ihm aus. So fügte er seinem Namen noch einen neuen Vornamen hinzu, um den Todesengel, welcher seinen Namen auf der Liste notiert hatte, in die Irre zu leiten. Doch dem Tod kann kein Mensch entgehen! Den Hohen Rabbi fand der Dunkle an seinem 97. Geburtstag. Nicht nur seine lieben Kinder waren mit ihren Familien nach Prag gereist, um ihrem *Tate*, Schwiegervater oder *Seide* zu gratulieren. Auch zahlreiche ehemalige Schüler kamen aus allen vier Windrichtungen, ihm ihre persönlichen Glückwünsche zu überbringen.

In seiner großen Freude vergaß der Hohe Rabbi jede Vorsicht und setzte sich in die Runde der bestimmt über hundert Gratulanten. Dankesworte und Reden wurden ausgesprochen, Glückwünsche aus der weiten Welt verlesen.

Rabbi Löws im weißen Vollbart versteckter Mund lächelte freundlich.

Plötzlich hopste Klein-Eva in den Tanzsaal der Gemeinde. Ihre Kinderhand hielt eine wunderbar frisch erblühte Rose, die sie ihrem *Seide* bringen wollte. Der thronte glücklich in einem bequemen Ohrensessel am Ende des Saales. ›Sieh wie schön!‹ jubelte das Kind: ›Die Blume habe ich für meinen *Seide* im Garten gefunden.‹

Der stolze Großvater erhob sich, streichelte seiner Enkelin liebevoll über den Kopf, dann nahm er die Rose. Glücklich zog er, mit geschlossenen Augen, den süßschweren Rosenduft ein. Da erfaßte ihn ein Zittern, er sackte in seinen Sessel, die Rose entglitt seinen Fingern, und sein Kopf kippte nach vorn.

Auf einem Blütenblatt blitzte ein winziger Tautropfen auf, in ihm hatte der Tod sich verborgen. Der Hohe Rabbi Löw sollte nie wieder in dieser Welt den süßen, erregenden Duft einer Rose einatmen.

In seinem Testament hatte der Hohe Rabbi Löw verfügt, daß auf seinem Grabstein keine ›Lobeserhebungen‹ stehen dürften, schlicht sollte der Stein sein.«

So lautet die Inschrift seines Grabsteins:

Hier ruht Rabbi Jehuda ben Rabbi Bezalel
gestorben 18. Elul 5369
22. August (1609)

Bocker tow

Daniels »Oh-oh-Oma« scheint mich zu wecken. Ich lausche, doch in der Wohnung ist es noch verschlafen still. Also hat mich mein schlechtes Gewissen geweckt! Zu spät waren wir gestern – oder besser heute eingeschlafen, und Daniel hat einen anstrengenden Tag in der Stadt mit seiner Mutter vor sich. Schlaftrunken stehe ich auf und werfe erst einmal die Kaffeemaschine an, danach dusche ich mich wach. In meinem lockeren Hauskleid fühle ich mich ganz wohl; zufrieden decke ich in der Küche den Frühstückstisch. Im Wohnzimmer ziehe ich die Rolläden hoch, dann suche ich aus dem CD-Berg Daniels Geschenk heraus. Ja, da ist die Scheibe mit den Liedern von Aviv Geffen, die ich gleich auflege. Wilde Rockmusik dröhnt aus den Lautsprechern. Ich lasse die Türe auf und setze mich mit einem Becher heißen Kaffee auf die Küchenbank. Lange muß ich nicht warten.

Daniel torkelt verschlafen aus dem Gästezimmer, bleibt mitten im Korridor stehen und hört kurz der Musik zu, um verschlafen festzustellen: »Das ist ja Hebräisch. *Bocker tow* – guten Morgen. Oma, darf ich heute zur Feier des Tages ungewaschen, im Schlafanzug mit dir frühstücken?«

Ich nicke: »Guten Morgen, möchtest du *Mazze*flakes?«

»Nein, zum Frühstück esse ich gerne *Mazzot* mit Marmelade.«

Daniel versucht, Butter auf die *Mazze*scheiben zu schmieren. Klar, daß sie zerbrechen. Also löffelt er die Marmelade auf die jetzt fast mundgerechten *Mazzot*stückchen. Die Musik dringt aus dem Wohnzimmer zu uns in die Küche.

»Ist das eine CD aus Israel?« fragt Daniel.

»Ja, Onkel Gabor hat sie für dich in Budapest besorgt.«

»Für mich? Danke, was ich da höre, gefällt mir. Ganz schön fetzig!«

»Das ist Aviv Geffen mit Band.«

Wir frühstücken eine Weile müde vor uns hin, doch dann beginne ich zu drängeln: »Daniel, du mußt dich jetzt wirklich flott anziehen, deine Mutter solltest du lieber nicht warten lassen.«

Er erhebt sich träge und geht ins Bad.

Ich räume unterdessen die Küche auf. Wie von selbst verschwinden die *Mazzot*krümel im Staubsauger, und – Daniels Beispiel folgend – sauge ich auch den Küchentisch. Als Daniel aus seinem Zimmer ruft:»Soll ich das Bett abziehen?« fühle ich mich von ihm ertappt und sauge sofort schuldbewußt auf dem Boden weiter, bevor ich den Staubsauger ausstelle und zurückrufe:»Nein, das mache ich nachher, aber geh' bitte durch die Wohnung und räume dein Zeug zusammen.«

»Okay!«

Ich schenke mir noch eine Tasse Kaffee ein.

»Meine gepackte Reisetasche wollte ich eigentlich hier stehen lassen und nicht durch die Stadt schleppen, aber die CD nehme ich schon mit. Meine Tasche hole ich erst am Freitag.«

»Und deine Zahnbürste?«

»Ich habe noch eine zu Hause.«

»Okay!«

Schüchtern kommt Daniel in die Küche, in der geöffneten Hand die zerrissene Kette mit dem *Magen David*:»Kann man das reparieren?«

»*Das?* Nicht so leicht, doch die Kette repariert dir jeder Juwelier.«

Daniel setzt sich zu mir:»Die Geschichten vom Rabbi Löw und seinem Golem haben mich irgendwie getröstet, und ich bin, glaube ich, hinter ein – dein Geheimnis gekommen.«

Ich zieh' meine Stirn kraus:»Wie?«

»Ich konnte nicht gleich einschlafen. Immer wieder habe ich mich gefragt: Hat meine Oma wirklich ein so phänomenales Gedächtnis? Wie kann sie sich so gut Geschichten merken? Unglaublich! Und plötzlich wußte ich es. Klar, du schreibst ein neues Buch und hast, wie du zu sagen pflegst, recherchiert. Aber warum machst du daraus so ein Geheimnis?«

»Wegen deiner Mutter.« Ich entschuldige mich fast:»Wenn deine Mutter weiß, daß ich an einem neuen Buch arbeite, fängt der Streß erst richtig an. Ständig ist Gabi dann auf der Lauer, ob ich ordentlich esse oder genug schlafe.«

»Und ich soll dir, wie das liebe Rotkäppchen, ständig Lek-
kerbissen vorbeibringen?«

»Das erwarte ich weniger«, verteidige ich mich.

»Lange wirst du dein Geheimnis vor deiner aufmerksamen
Tochter sowieso nicht verstecken können. Du brauchst nur ein
wenig abzunehmen oder mal keine Zeit haben, schon fängt sie
an...«

Daniel sieht auf die zerrissene Kette mit dem *Magen David*.
Mir ist die Ablenkung gerade recht.

»Das mußt du Zuhause erzählen«, fordere ich von ihm.

Daniel bestätigt mit einem kleinlauten »Ja« und fügt dann
hinzu: »Ich würde die Kette gerne umhängen.«

»Damit Gabi keine Fragen stellt?«

»Heute ist das bestimmt ein Grund. Doch ich will die Kette
nicht nur heute tragen, ich will sie immer tragen. Ja, ich will
meinen *Magen David* so zeigen wie andere ihr Kreuz oder ihr
Sternzeichen oder was immer an ihren Ketten baumelt.«

»Warte, ich hole mein Schmuckkästchen. Hier habe ich eine
passende Kette für dich, und die zerrissene bringe ich zur Re-
paratur.«

Daniel fädelt den *Magen David* auf die heile Kette und legt
sie sich um den Hals: »Oma, unsere Geheimnisse müssen wir,
ich meine – jeder für sich, auspacken.«

»Abgemacht!«

»Doch ein neues *Bar Mizwah*-Geschenk kommt noch ganz
oben auf meine Wunschliste.«

Jetzt bin ich wirklich gespannt.

»Ein Familienwochenende in Prag!«

Glossar

Adar Monat im jüdischen Kalender

Aphar: Das Element Erde

Aron hakodesch »Heiliger Schrein«, Wandschrank, an erhöhtem Platz in der *Synagoge;* in ihm werden die *Tora*rollen aufbewahrt.

Bar Mizwah »Sohn des Gebots«. Am *Schabbat* nach seinem 13. Geburtstag wird jeder jüdische Junge zur *Tora*vorlesung in der *Synagoge* aufgerufen. Nach dieser Zeremonie zählt er gleichberechtigt zu den Erwachsenen der jüdischen Gemeinschaft.

Berches Weißes *Schabbat*brot

Bima Erhöhtes Vorlesepult in der *Synagogen*mitte

Bina Einsicht

Bócher jiddisch: Jüngling / Junggeselle

Bocker tow hebräisch: Guten Morgen

Broche, beracha Hebräisch gesprochener Segen, Lobspruch

Chamez (wörtlich übersetzt »sauer«) Der *Talmud* sagt: Das Saure im Teig repräsentiert den bösen Trieb im Herzen, *Mazza* dagegen die Reinheit.

Charosset Gemisch aus geriebenen Äpfeln, Mandeln, Rosinen und Zimt. Erinnert an den *Seder*abenden an Lehm und Mörtel, aus denen die Versklavten in Ägypten Ziegel formen mußten.

Chassidismus Volkstümliche religiös-mystisch-esoterische Bewegung im mitteleuropäischen Judentum des Mittelalters.

Chawer hebräisch: Freund

Chochmah Weisheit

Chupa Traubaldachin, Symbol für das neue Heim

Daat Erkenntnis

Dalibóg Wolle es G'tt

Diaspora »Zerstreuung«, Leben außerhalb des Landes Israel

Eidem Schwiegersohn

Elul Monat im jüdischen Kalender

Emeth hebräisch: Wahrheit

Esch Das Element Feuer

Farschárt sajn Ausgelassen, fröhlich sein

Gefilte Fisch Traditionelle Festspeise der jüdischen Küche

Gut jontew Guten Feiertag!

Haggada (Pl. *Haggadot*) Buch mit dem Brauchtum der *Seder*abende und volkstümlichen Erzählungen zum Auszug der Kinder Israel aus Ägypten.

Hamantaschen Dreieckiges Hefegebäck zu *Purim*, das an den Dreispitz erinnert, aus dem Haman das *Pur* gezogen hat

Isch hebräisch: Mann

Ischa hebräisch: Frau

Jeschiwa Hochschule für das Studium des *Talmud*

Jischewen Mit sich selbst zu Rate gehen

Jom Kippur (Tag der Sühne) Versöhnungstag, letzter der zehn Bußtage, höchster Feiertag im Judentum, strenger Fastentag.

Kabbala (hebr. das Empfangene, Überlieferung) Schriften der mittelalterlichen jüdischen Mystik. Schwerpunkte: Was über dem sichtbaren Himmel ist, die Zeit vor der Schöpfung, Buchstabenbedeutung und Zahlenmystik.

Kabbalat Schabbat Empfang des *Schabbat*

Kaddisch Eines der Hauptgebete, auch das Gebet, das der männliche Nachkomme am Grab der Eltern und das ganze Trauerjahr hindurch für das Seelenheil der Verstorbenen sagt.

Kaftan Langer schwarzer Mantel der orthodoxen Juden aus Wolle oder Leinen, festlich aus Seide

Kameen Amulett

Koscher Rituell rein

Kwitl Bittzettel

Lomed hebräisch: Lernen

Machsor Gebetbuch für Festtage

Magen David »Schild David«/Davidstern, Symbol des Judentums

Majim Das Element Wasser

Mame jiddisch: Mutter

Maror Das Bitterkraut auf der *Seder*tafel symbolisiert das bittere Los der Knechtschaft.

Masel-tów Glückwunsch

Mazze oder *Mazza* (Pl. *Mazzes* oder *Mazzot*) das Brot der Armut. Nur ungesäuertes Brot-*Mazze*, aus Wasser und Weizenmehl, essen religiöse Juden an den *Pessach*tagen. So erinnern sie sich an den überstürzten Auszug der Kinder Israel aus Ägypten. Weil keine Zeit blieb zu warten, bis der Teig durchsäuert war, nahmen sie rohen Teig mit.

Meschugge verrückt

Meschuggener Verrückter

Meth hebräisch: tot

Midraschim Literarische, erbauliche Erläuterungen zu Ereignissen in der *Tora*. Der *Midrasch Rabba*, der große *Midrasch* und der *Talmud* stellen zusammen das Hauptwerk des rabbinischen Judentums dar.

Minjan (Zahl) Die Mindestzahl von zehn mündigen Betern, die für den Gemeindeg'ttesdienst vorgeschrieben ist.

Mikwe Rituelles Reinigungsbad mit »lebendigem Wasser«

Nefesch chaja Lebendige Seele

Parnossess Lebensunterhalt

Péjes Schläfenlocken orthodoxer Juden

Pessach Achttägiges Fest der ungesäuerten Brote zur Erinnerung an den Auszug der Kinder Israel aus Ägypten.

Pogrom Antijüdische Ausschreitung

Purim pl. pers.: Lose; *Pur* sing. pers.: Los. – Fest zur Erinnerung an die Rettung der persischen Juden vor der geplanten Vernichtung. Haman, der erste Minister des persischen Königs Ahasverus (Xerxes I. 486 - 465), warf das Los für den Überfall auf den 13. *Adar* (jüd. Kalender), doch Königin Esther und ihr Onkel Mordechai konnten das Los wenden. Am 14. *Adar* wird das Freudenfest, ähnlich wie Fasching, gefeiert.

Purim-gelt Almosen

Purim-spiler Theaterspieler und Musikmacher

Rabbi Ehrentitel eines *Talmud*gelehrten

Rabbiner »Lehrer«, Gesetzeslehrer, geistiger Führer einer jüdischen Gemeinschaft

Rebbe Ehrenvolle Anrede

Rébezenss Frau des Rabbiners

Rosch Ha-Schana »Kopf des Jahres«, jüdisches Neujahrsfest, Beginn der zehn Bußtage, Anfang der hohen jüdischen Feiertage.

Ruach Das Element Luft

Schabbat Siebter Tag der Woche, jüdischer Ruhetag

Schadchen jiddisch: Heiratsvermittler

Schalom Friede

Schalom alejchem Friede über euch!

*Schámess Synagogen*diener

Scha-stil Ruhe!

Sch'em Der unausgesprochene Name G'ottes

Schidech ton jiddisch: Heiratsvermittler

Schlemásel Unglück

Schofar Widderhorn, Blasinstrument für den G'ttesdienst

Sederabende Die Abende der »Ordnung«. In der Diaspora die beiden ersten Abende *Pessach*. Vor dem Festessen werden bestimmte Speisen und Wein nach einer in der *Haggada* vorgeschriebenen Reihenfolge verzehrt, die an die ägyptische Sklaverei und an die Befreiung erinnert.

Seide jiddisch: Großvater

Seder »Ordnung«, liturgische Ordnung für die beiden ersten *Pessach*abende

Sefer Tora Für den G'ttesdienst verwendete, handgeschriebene *Tora*rolle

Simchat Chatan ve-Kalla Freude von Bräutigam und Braut

Sofer Schreiber

Stetl Untergegangene jüdische Gemeinden in Osteuropa

Synagoge Versammlungsraum der jüdischen Gemeinden

Tallit Gebetsmantel, viereckiges großes Tuch oder Schal aus Wolle, Kunstfaser oder Seide mit *zizijot*

Tallit Katan (kleiner *Tallit*) Unterhemd mit *zizijot*, das orthodoxe Juden tragen.

Talmud »Lehre«, neben der *Tora* wichtigste religiöse Schrift der Juden. *Babylonischer Talmud*, nach mündlicher Überlieferung ca. 500 n. Chr. schriftlich festgehalten.

Tate jiddisch: Vater

Tefillin Gebetsriemen, der um den Kopf und um den linken Arm gebunden wird.

Tikun haolam Verbesserung der Welt

Tora »Lehre«, »Anweisung«, die fünf Bücher Mose

T'réjfe Nach den jüdischen Speisegesetzen nicht Erlaubtes

Yerushalaim Jerusalem

Zadik Gerechter, frommer Mann, auch wundertätiger Rabbi der *Chassidim*

Zimmes Ergänzungsspeise, z.B. Kompott, Auflauf

Zizit (Pl. *Zizijot*) Quasten, Schaufäden an den vier Enden der Gebetsmäntel oder des kleinen *Tallit*. Verknotet, mit 39 Windungen, ist jedes *Zizit* Erinnerungszeichen an G'tt und an G'ttesgebote.

Zores Ärger

Brandes & Apsel

Petra Kunik
Der geschenkte Großvater
Eine jüdische Kindheit im
Nachkriegsdeutschland
144 S., vierf. geb., ISBN 3-86099-439-5
»Dies ist ein ganz unspektakuläres
und gerade deshalb schönes und
nachdenklich machendes Buch über
eine Kindheit, die vom Holocaust
überschattet war... Petra Kuniks Buch
verdrängt das Grauen im Hinter-
grund nicht, läßt es aber nur soweit
spüren, wie es dem Kind seinerzeit
zugänglich war.« *(Publik-Forum)*

Gerty Spies
Bittere Jugend
Ein Roman von Verfolgung und
Überleben im Nationalsozialismus
Herausgegeben von Hans-Georg Meyer
Mit einem Nachwort von Sigfrid Gauch
und autobiographischen Notizen
von Gerty Spies
192 S., Paperback, ISBN 3-86099-456-5
Gerty Spies, Überlebende des KZ
Theresienstadt, erzählt von einer Ge-
neration, die im Nationalsozialismus
aufwuchs, geprägt von den Erinnerungen an den Wahn, »der ihre Jugend vergiftet hatte«.

Hans-Georg Meyer/
Klaus Wiegerling (Hrsg.)
Heimat:
Das allen in die Kindheit scheint
und worin noch niemand war
Deutsch-israelisch-palästinensisches
Lesebuch
176 S., Paperback, ISBN 3-86099-147-7
AutorInnen aus Deutschland, Israel
und Palästina greifen das vielschich-
tige Thema »Heimat« im Zusammenhang mit der spezifischen histori-
schen, sozialen und politischen Situation ihrer Länder und den eigenen
Lebenserfahrungen auf.
Neben der deutschen gibt es auch
eine englische Ausgabe des Werkes.

Wadi Soudah
Kafka und andere palästinensische
Geschichten
128 S., vierf. geb., ISBN 3-925798-07-2
Die Erzählungen von Wadi Soudah
handeln vom Leben im ländlichen
Palästina, den Erfahrungen mit der
israelischen Besetzung und dem Le-
ben in der Fremde.
»... Alltagsgeschichten mit Distanz
und Wärme.« *(Frankfurter Rundschau)*
»Die Geschichten des Grenzgängers
Soudah schildern ... das Denken und
Fühlen, das jene Fremden unter uns
bewegt...« *(Internat. Kulturaustausch)*

Wadi Soudah
Absturz ins Paradies
120 S., vierf. geb., ISBN 3-86099-465-4
Wadi Soudahs Geschichten stecken
voll genauer Beobachtungen: Manchmal ironisch, manchmal sarkastisch,
manchmal nachsichtig schüttelt er
den Kopf ob des eigentümlichen Le-
benswandels der Menschen in seiner
zweiten Heimat Deutschland. Auf
diese Weise wird er zum Ethnogra-
phen des Bizarren und Grotesken im
fremden Alltag.

Sigfrid Gauch
Vaterspuren
2. Aufl., 144 S., ISBN 3-86099-450-6
In den drei Tagen zwischen Tod und
Beerdigung des Vaters erlebt der
Sohn die Wiederbegegnung mit der
eigenen und der Vergangenheit des
Vaters. Durchzogen ist die Erzählung
von dem Widerspruch, den Vater lie-
ben zu wollen und in ihm zugleich
einen Mann sehen zu müssen, der
vom Hauptankläger im Eichmann-
Prozeß als ein geistiger Urheber der
Judenvernichtung genannt wurde.

Bitte Gesamtverzeichnis anfordern:
Brandes & Apsel, Scheidswaldstr. 33
D-60385 Frankfurt a. M.

Brandes & Apsel

Peter Sandner
Frankfurt. Auschwitz.
*Die nationalsozialistische
Verfolgung der Sinti und Roma in
Frankfurt am Main
368 S., Pb., illustriert
ISBN 3-86099-123-X*
»Auschwitz« ist zum Synonym für das nationalsozialistische Vernichtungssystem geworden und steht nicht zuletzt auch für den Genozid an Sinti und Roma. Die rassische Verfolgung im NS-Staat begann aber nicht erst mit der Deportation in den Osten, sondern schon an den Wohnorten im Deutschen Reich. Peter Sandner beschreibt, wie sich die reichsweite Verfolgungspolitik auf die in Frankfurt a.M. und in der Region lebenden Sinti und Roma darstellte: Eheverbote, Zwangssterilisationen, Zwangslager, Zwangsarbeit, Deportationen. Zusätzlich veranschaulichen Zeitzeugenberichte von Betroffenen eindrücklich deren Leidensweg.

Manfred Wittmeier
**Internationale
Jugendbegegnungsstätte Auschwitz**
*Zur Pädagogik der Erinnerung in der
politischen Bildung
Vorwort von Micha Brumlik
364 S., vierf. Pb.
ISBN 3-86099-145-0*
Die Internationale Jugendbegegnungsstätte Auschwitz wird als Forum des gemeinsamen Lernens deutscher und polnischer Jugendlicher, als Ort des Lernens junger Menschen aus der Europäischen Union sowie der Internationalen Jugendbegegnung erörtert. Manfred Wittmeier unterzieht dabei die seit über drei Jahrzehnten praktizierte Gedenstättenpädagogik einer kritischen Reflexion.

Johannes Winter
Herzanschläge
*Ermittlungen über das Verschwinden
von Juden, Zwangsarbeitern und
Kriegsgefangenen aus dem Dorf
112 S., Paperback, ISBN 3-86099-112-4*
Johannes Winter fährt in die Provinz, aufs Dorf und ermittelt. Er findet ein Dokument, entdeckt eine Lücke auf dem Friedhof, hört Andeutungen über einen Toten, wird neugierig. Winter erfährt von dem, was Jahrzehnte verschwiegen blieb: über die Juden von nebenan, den Pogrom, die KZ-Überlebenden, die Fremden als Zwangsarbeiter, den Krieg als Schlacht um eine Scheune...

Ernst Heimes
Schattenmenschen
*128 S., Paperback
ISBN 3-86099-449-2*
Heimes' Erzählung führt uns in das Räderwerk der nationalsozialistischen Vernichtungsmaschinerie, in der mit kaum vorstellbarer Grausamkeit Menschen zu Tode gequält werden.
»Einer, der allerhand ausgräbt und bearbeitet, Vorgänge, die andere am liebsten verdrängt hätten...« (SWF)
»Eine Gratwanderung zwischen Widerstand und Mitläufertum in erzählerisch bemerkenswerter Dichte...« (Rhein-Zeitung)

Gerd Koch (Hrsg.)
**Literarisches Leben, Exil und
Nationalsozialismus**
216 S., vierf. Pb., ISBN 3-86099-264-3
Studien, die sich auf spannende Weise mit der Frage auseinandersetzen, wie Lebensschicksale und Nationalsozialismus sich durchkreuzen.

Bitte Gesamtverzeichnis anfordern:

**Brandes & Apsel, Scheidswaldstr. 33
D-60385 Frankfurt a. M.**